WITHDRAWN

A merced de su amor
Kate Walker

Bianca™

HARLEQUIN™

Editado por HARLEQUIN IBÉRICA, S.A.
Núñez de Balboa, 56
28001 Madrid

I.S.B.N.: 978-84-671-6330-8
Depósito legal: B-25727-2008
Editor responsable: Luis Pugni
Preimpresión y fotomecánica: M.T. Color & Diseño, S.L.
C/. Colquide, 6 portal 2 - 3º H. 28230 Las Rozas (Madrid)
Impresión y encuadernación: LITOGRAFÍA ROSÉS, S.A.
C/. Energía, 11. 08850 Gavá (Barcelona)
Fecha impresion para Argentina: 5.1.09
Distribuidor exclusivo para España: LOGISTA
Distribuidor para México: CODIPLYRSA
Distribuidores para Argentina: interior, BERTRAN, S.A.C. Vélez
Sársfield, 1950. Cap. Fed./ Buenos Aires y Gran Buenos Aires,
VACCARO SÁNCHEZ y Cía, S.A.
Distribuidor para Chile: DISTRIBUIDORA ALFA, S.A.

Capítulo 1

LAS manecillas del reloj no parecían haberse movido ni una vez en el tiempo que llevaba allí sentada. Alannah habría jurado que cada vez que miraba el gran círculo blanco que colgaba de la pared verde que tenía enfrente, las manecillas estaban en la misma posición que la última vez, como si se burlaran del tictac audible de los minutos que pasaban.

Se sentía como si llevara allí toda la tarde, casi toda la vida. Sin embargo, el tiempo parecía haber dejado de transcurrir desde que llegó y se sentó en el gastado sillón que había en el centro de la habitación.

Desde ahí podía ver la puerta. Podía ver a cualquiera que se acercara a través del cristal translúcido, y estar preparada si se abría la puerta y entraba el hombre a quien esperaba.

Alannah admitió para sí que, en realidad, más que esperarlo, temía verlo. Sus ojos verdes se nublaron.

Sacudió la cabeza y la coleta bermeja botó sobre sus hombros; algunos mechones se escaparon de la goma negra que se había puesto esa mañana, antes de salir de casa. Se frotó los ojos con el dorso de la mano, en un vano intento de alejar el cansancio y la aprensión que la atenazaban.

Sabía que estaba pálida y desvaída. El estrés y la tristeza de los últimos días había borrado todo atisbo de rosa de sus mejillas, las lágrimas habían apagado el brillo de sus ojos y sus finos rasgos reflejaban la tensión de la semana de pesadilla a la que se había enfrentado. Los vaqueros y la camiseta negra de manga larga que se había puesto, por no pensar, no mejoraban su aspecto. Hacían que su piel pareciera aún más mortecina y apagada. No había tenido tiempo ni ganas de añadir un poco de color artificial maquillándose antes de dejar su piso. La necesidad de saber que su madre estaba acomodada en casa de su tía, sedada para sobrellevar el disgusto, le había parecido mucho más importante que su imagen personal.

Además, daba igual. Al hombre que había ido a ver no le importaría un comino ni su apariencia ni su vestimenta. No desearía verla allí, para empezar, y lo disgustaría aún más cuando oyera lo que tenía que decirle.

–Por supuesto, señor Márquez…

Un súbito ajetreo en el pasillo la alertó, y oír el bien conocido nombre confirmó sus sospechas. Aunque no le habría hecho falta. Dondequiera que aparecía Raúl Márquez, todo se convertía en ajetreo y actividad. Incluso el aire que lo rodeaba parecía revitalizarse, agitarse de una manera que dejaba al resto de los mortales sin aliento en esa atmósfera súbitamente enrarecida.

Una vez ella había formado parte de esa atmósfera, arrastrada por el torbellino de energía y poder que originaba don Raúl Márquez a su paso por la vida, con la arrogante cabeza oscura bien alta, los ojos dorados resplandecientes. Pero ya no. No desde que había huido de ese mundo y todo lo que conllevaba.

Y estaba mejor lejos de él.

Era un mundo de poder y dinero, sí, pero también había habido fría decepción y gélida manipulación. Don Raúl Márquez tomaba lo que quería de las personas, de las mujeres, y las utilizaba para satisfacer sus propios deseos, sin pensar en sus sentimientos. A ella se lo había hecho. Y también la habría desechado, no lo dudaba. Una vez hubiera conseguido su propósito, la habría descartado, sin más. Pero por suerte para su vulnerable corazón, antes de que las estúpidas emociones que se había permitido sentir se asentaran en su espíritu hasta el punto de poder librarse de ella, había descubierto la verdad sobre su relación. Y esa verdad la había liberado. La había llevado a huir tan rápido y tan lejos como pudo, sin mirar atrás y deseando no ver a Raúl Márquez nunca más.

Así habría deseado seguir. Excepto que no tenía opción. Ninguna. Tenía que enfrentarse a Raúl Márquez de nuevo. Y decirle cosas que estaba segura de que no querría oír.

—Por favor, espere aquí…

Una mano abrió la puerta y Alannah habría jurado que notó un remolino de aire; una voz masculina murmuró una palabra de agradecimiento, aunque con tono impaciente.

Alannah comprendió con irritación que, instintivamente, se había llevado una mano al cabello y se había estirado la camiseta. Se obligó a estarse quieta. No quería que pensara que quería mejorar su apariencia por él; o que le importaba lo que pensara de ella. En otro tiempo podría haberle importado, podría haber deseado más que nada en el mundo que la mirase y sonriera con deseo en los ojos; pero eso era el pasado. En ese momento, deseo era lo último que deseaba que él sintiera, así que daba igual que tuviera un aspecto tan descuidado como el de un pilluelo de cualquier pueblecito del vasto feudo de su familia.

—Me ocuparé de solucionar eso ahora mismo.

—Gracias —dijo la voz de nuevo. Alannah se estremeció. Pero no iba a permitirse sentir nada. No tras todo lo que había sucedido.

Lo oyó entrar en la habitación, percibió su presencia en la atmósfera, pero no se atrevió a alzar la cabeza y mirarlo. El súbito escalofrío que recorrió su cuerpo tensó aún más sus desquiciados nervios, transformó su aprensión en algo muy parecido al dolor físico. Necesitó toda su fuerza para controlarlo, y por eso siguió con la mirada fija en el dibujo verde y gris de la alfombra que había a sus pies.

—¡Perdón!

Él había percibido su presencia silenciosa y vio, de reojo, cómo el cuerpo alto y esbelto se tensaba. No podía ver su rostro, pero algo en su inmovilidad, en su silencio, le indicó que su expresión estaba cambiando, pasando de bienvenida cortés a comprensión, a inquietud. A…

—¿Alannah?

Ella había olvidado cuánto la afectaba la manera en que decía su nombre. El tono grave y cómo el sonido de su voz parecía rodearla como un humo cálido y perfumado que llegaba hasta su corazón.

–¿Alannah?

Tenía que mirarlo, no tenía otra opción. O eso, o dejarle adivinar hasta qué punto la afectaba.

Lo cierto era que incluso a ella misma le había sorprendido su reacción. Se había dicho que podía hacerlo. Que podía verlo cara a cara, decirle lo que debía saber y luego irse, regresar a la nueva vida que se había creado desde que lo abandonó. Estaba lejos de él, libre, y nada cambiaría eso. No volvería atrás.

Pero el suave sonido de su nombre en esos labios había puesto en peligro su convicción. No sabía por qué, pero estaba segura de una cosa: no quería que él se diera cuenta.

–Hola, Raúl.

No fue capaz de decir otra cosa. Se dijo que tenía que mirarlo ya, para que no pensara que rehusaba su mirada a propósito. Alzó la cabeza, y se enfrentó a sus ojos color bronce.

Le pareció más grande. O, más bien, había olvidado lo alto, fuerte e imponente que era. Y el paso del tiempo sólo había incrementado el impacto que suponía verlo entrar a una habitación. Deseó no estar sentada. Se sentía incómodamente vulnerable viendo a Raúl alzarse ante ella como una torre amenazadora.

En los dos años que habían transcurrido, él había pasado de ser un hombre joven a un macho maduro y dinámico. Su estructura parecía haberse consolidado y tensado. El paso del tiempo era aún más pronunciado en su rostro. Los pómulos altos y oblicuos habían adquirido más relieve con las finas arrugas que rodeaban sus ojos y boca. Sus cejas parecían más esperas y oscuras y, a ambos lados de su nariz recta, los ojos color bronce ardían como oro fundido, clavados en su rostro.

A diferencia de ella, estaba inmaculadamente vestido con una camisa blanca y un elegante traje gris acero que colgaba de sus anchos hombros y estrechas caderas como si fuera una segunda piel. Ella pensó, con amargura, que el atuendo era puro don Raúl Márquez. El Raúl que había conocido en el pasado. Un hombre al que casi nunca había visto con ropa informal y de relax. Y su mente tampoco debía de haber cambiado: siempre centrada en los negocios, en el trabajo, en hacer dinero. Cuando no estaba trabajando, dedicaba toda su atención a la única otra cosa que le importaba: el ducado de los Márquez y las tierras que poseían.

–Buenas tardes, Alannah –fue un saludo rígido, acompañado de una arrogante inclinación de cabeza que provocó en ella un pinchazo de indignación.

«Ha pasado mucho tiempo», estuvo a punto de decir ella, pero se tragó las palabras. No eran apropiadas y a él no le gustarían.

–¿Qué haces aquí?

El tono duro y exigente le borró todos sus pensamientos y se puso en pie rápidamente.

–Lo mismo que tú, supongo. Esto es un hospital.

–Pero yo…

De repente la comprensión afloró a su mirada y los ojos ardientes dejaron de quemarle la piel. Ella tragó saliva.

–¿Hay alguien enfermo? –preguntó seco–. Un miembro de tu familia…

–Mi hermano –consiguió decir Alannah, asintiendo con vigor, temiendo que él viera el brillo de las lágrimas que intentaba evitar. Antes o después tendría que decir la verdad, pero nadie podía culparla por tomarse algo de tiempo para tomar aire, reunir el coraje necesario.

Y más siendo él su interlocutor.

–¿Es grave?

Vio otro cambio en su expresión que casi la derrotó, robándole las fuerzas que había reunido. Su mirada de comprensión y simpatía parecía tan genuina que casi fue un golpe emocional y físico. Tuvo que apoyarse en el brazo del sillón para no perder el equilibrio. Parecía que realmente le importara, aunque ella sabía que no era más que una máscara de cortesía, de conveniencia social. Una máscara que desaparecería en cuanto le explicara los detalles.

–Más que grave.

Debería haberle dicho que era lo peor. Pero admitir lo ocurrido la llevaría a admitir muchas otras cosas y complicaciones.

–Lo lamento.

Raúl lo dijo automáticamente, y aunque sabía que había sonado frío, distante y abrupto, no tenía la energía ni la concentración para mejorarlo. No era que no sintiera compasión por su hermano enfermo, pero Alannah era la última persona a la que necesitaba ver al final de un día tan largo y terrible. De hecho, era la última persona a la que quería ver en ese o en cualquier otro momento.

Cuando se alejó de su vida, veinticinco meses antes, se había alegrado de verla partir. Mucho. No le habría importado no volver a verla nunca más. Había permitido que se metiera bajo su piel como no había hecho ninguna mujer. Había estado muy cerca de desear pasar el resto de su vida con ella. Incluso había llegado al punto de proponerle matrimonio.

Pero ella se había reído en su cara.

—¿Por qué iba a querer casarme contigo? —le había dicho con un desdén que también mostraban sus ojos y la sonrisa burlona de sus labios—. No estoy en esta relación para eso. Es por diversión, y que seas tan rico ayuda mucho. Pero si estás pensando en algo permanente, ¡olvídalo! Eso no ocurrirá.

Y entonces le había dicho que ya había conocido a otra persona. La herida que había sufrido su orgullo aún escocía y su presencia allí sólo había servido para arrancar la costra que empezaba a cerrarla. Ver a Alannah era lo único que podía hacerle olvidar por un instante el motivo de su presencia allí.

Y no quería olvidarlo. Desearía haber podido borrar ese motivo, pero era imposible. Y si lo apartaba de su mente un segundo, inevitablemente tendría que pasar por la agonía de recordarlo de nuevo.

—Lo lamento —repitió. Incluso a pesar de la furia y el odio que habían llenado su mente desde que ella lo dejó, si lo estaba pasando la cuarta parte de mal que él en esos momentos, lo humano era sentir compasión ante otra persona que se enfrentaba al horror.

—Gracias.

Sonaba tan desconcentrada como él, pero era lógico si su hermano estaba muy grave. Además, eso explicaba su aspecto. No había querido volver a ver a Alannah Redfern, pero ya que la tenía ante sí no podía desviar la mirada.

Parecía un pálido reflejo de sí misma. Era como

si alguien la hubiera pintado con acuarelas desvaídas de tonos pastel, o hubiera dejado una foto suya al sol hasta que perdiera su brillantez y quedara sólo un esbozo de lo que había habido antes.

Siempre que la imagen de Alannah había invadido su mente, y lo había hecho a su pesar, el recuerdo estaba lleno de color y vívido, de un rostro animado, sonrisa amplia y brillantes ojos verdes.

Pero en ese momento incluso los ojos parecían apagados. El verde vivo que recordaba tenía el tono del mar en un triste día invernal. La piel que había sido pálida y cremosa tenía un tono ceniciento y parecía pegarse, tensa, a los finos huesos de su rostro.

También parecía haber perdido peso. Las incitantes curvas que recordaba, demasiado bien, ya no lo eran. Parecía casi frágil. Las largas pestañas que enmarcaban los ojos almendrados parecían salpicados de… lágrimas.

Ver lágrimas allí, en el ala de cuidados intensivos de un hospital, no era nada bueno. Consciente de la terrible noticia que aún le quemaba la mente y el corazón, supo que su propio rostro probablemente reflejara la palidez y las ojeras que veía en el de ella.

¿Alannah?

Si la mirada compasiva de antes casi la había derrumbado, el nuevo cambio de tono de voz y expresión le hizo sentir que el suelo se hundía bajo sus pies. Era justo lo que necesitaba, y también lo que más había temido. Su debilidad interior anhelaba ese consuelo y apoyo, aunque sabía que no podía aceptarlo, permitirse el respiro que le daría su fuerza ni aceptar su ayuda. Porque aún tenía que decirle la verdad, y sabía que una vez hubiera sentido ese

apoyo, siquiera un segundo, la desgajaría en pedazos volverlo a perder.

Así que se obligó a rechazar la tentación que la
había envuelto y, comprendiendo que había avan-
zado hacia él instintivamente, dio dos pasos atrás.
Sintió el pinchazo de dolor en el corazón y en todo
el cuerpo mientras se distanciaba y simulaba que
su intención había sido ir hacia la bandeja de bebi-
das.

–¿Quieres café? Es bastante malo pero…

No sabía ni lo que decía. ¡Le ofrecía café para se-
guidamente decirle que estaba malo! Sonaba como
si… No sabía cómo, sólo sabía que eso demostraba
su nerviosismo y alertaría a Raúl sobre el hecho de
que algo iba muy mal.

Y si empezaba a hacer preguntas… Se le encogió
el estómago y el ritmo de su corazón se disparó.

–… café, gracias.

Eso le pareció oír que decía Raúl, pero nublado
por el atronador latir de la sangre en sus venas. Descubrió que, por más que lo deseara, no podía dejar
de parlotear. Era como si alguien le hubiera retirado
una mordaza que la había mantenido muda durante
días y las palabras brotaran como una cascada, sin
darle tiempo a pensar en si quería decirlas o no.

–Intentan que esto resulte cómodo, un poco ho-
gareño para las familias y amigos que vienen de vi-
sita o esperan noticias, pero claro, no es posible,
¿verdad? Es decir, ¿quién querría sentirse como en
casa en la sala de espera de una unidad de cuidados
intensivos?

El vaso de plástico que sostenía bajo la espita de
la cafetera se agitó con el temblor de su mano. Lo

apretó más y sólo consiguió romper el frágil material.

—¡Maldita sea!

Dolorosamente consciente de cómo la observaba Raúl, un espectador alto, moreno, silencioso y vigilante, consciente de cada uno de sus movimiento, tiró el vaso rápido, sin preocuparse de que no cayera en la papelera de metal gris, y alcanzó otro.

—¿Y quién podría estar cómodo aquí? Es decir…

Soltó un gritito de frustración cuando la presión excesiva en la espita de la cafetera hizo que el vaso se llenara demasiado rápido y se desbordara.

—¡Oh, maldición!

Sabía que debía soltar el vaso, e intentó encontrar un hueco en la bandeja de metal, pero las amargas lágrimas que le quemaban los ojos por fin empezaron a fluir, nublando su vista por completo. Se quedó inmóvil, incapaz de decidir qué hacer.

—Alannah… —la voz de Raúl sonó muy suave.

Dos grandes manos de largos dedos aparecieron ante sus ojos. Una sujetó su muñeca, estabilizándola, mientras la otra le quitaba el vaso de plástico desbordante de café y lo colocaba sobre la bandeja. El calor de su cuerpo la rodeó, el aroma levemente almizclado de su piel aguijoneó su sentido y supo que, si daba medio paso hacia atrás, chocaría con él, sentiría su fuerte y musculoso pecho apoyándola.

—Veamos —dijo él—, ¿vas a decirme a qué se debe todo esto?

—Querías café…

Se preguntó si su voz revelaba lo cerca del abismo que se encontraba. Sin duda él notaría su aspereza, como si hubiera perdido el control ya no de las palabras, si no también de sí misma.

–*No* quería café, he bebido suficiente para hundir un barco. Y menos aún quiero *eso*…

Agitó la mano con desdén, indicando el vaso lleno de un liquido oscuro y poco apetecible.

–Pero dijiste…

Ella sintió una nueva oleada de pánico al ver que perdía la defensa de hacer algo, cualquier cosa, que la librase de mirarlo y, peor aún, de evitar que él viera su rostro y captara el trágico secreto que aún no se sentía capaz de revelarle.

Se preguntó si realmente él había dicho que no quería café, pero su desesperación por alejarse de él la había llevado a escuchar lo contrario.

–No quieres café… –musitó, obligándose a hablar.

–Nada de café –afirmó Raúl. Ella se estremeció al sentir la calidez de su aliento en la mejilla.

Era como si cada poro de su piel sintiera un cosquilleo. El amargo sabor de la tristeza y la pérdida se combinó brutalmente con la crueldad de saber que dos años antes, en una situación como ésa, Raúl habría sido la primera persona a la que habría buscado, la persona que había sabido, o al menos creído, que estaría allí para ayudarla, apoyarla y ofrecerle su fuerza mental y física para sobrellevar la situación.

Habría corrido a sus brazos como un pajarillo en busca del nido, volando a su seguridad, pensando que allí estaría a salvo, en su hogar, y para siempre. Pero la cruda realidad le había enseñado que esa sensación de seguridad haba sido falsa, increíble, una ilusión. La verdad era que ese santuario había

sido el peor sitio en el que estar, al menos emocionalmente. El mundo real, con todos su males y
amarguras, era mejor.

−Y ahora…

Aún perdida en sus tristes reflexiones, Alannah
no pudo resistirse cuando la mano que agarraba su
muñeca se tensó y la hizo darse la vuelta.

Estaba aún más cerca de él de lo que había creído. Casi contra su pecho, con la nariz a la altura del
botón superior de su camisa y mirando directamente
la piel bronceada de su cuello, los músculos que se
tensaban y relajaban cuando tragaba saliva.

−Ahora vas a decirme a qué viene todo esto.

−¿Todo…?

Los pulmones de Alannah se vaciaron de golpe
cuando Raúl puso los dedos bajo su barbilla y la
alzó, de manera que sus ojos tuvieron que enfrentarse a la quemazón de los de él.

−Y antes de que digas: «¿Todo qué?», y afirmes
que no ocurre nada malo, te aviso que no voy a
creerte.

Ella se preguntó cómo había sabido con tanta
precisión lo que iba a decir. Por lo visto había aprendido a leer el pensamiento.

−¿Por qué no?

Él bajó la cabeza y, por un segundo, ella pensó
que iba a tocarla, que apoyaría su frente en la suya,
como había sido su costumbre hacer afectuosamente
cuando estaban juntos. La idea hizo su corazón se
contrajera de pánico y su pulso adquiriera un ritmo
frenético. Pero él se detuvo a unos centímetros del
contacto, puso las manos sobre sus hombros y la sujetó de modo que no pudiera moverse.

—Porque te conozco y sé cómo te comportas…

—¡Hace dos años que no me ves!

—Dos años no es tanto tiempo, y con alguien como tú, nunca lo olvidaría.

«Nunca lo olvidaría». Ella se preguntó cómo interpretar eso. Si hubiera tenido la mente más despejada, podría haber interpretado cómo había dicho Raúl las palabras, pero sus pensamientos seguían siendo un torbellino de tristeza y confusión, así que el momento pasó y volvió a ser consciente de los ojos abrasadores que escrutaban su rostro.

Raúl no le dio tiempo a pensar más.

—Sé que, por más que intentes ocultarlo, estás hecha pedazos por dentro. Hablas y te mueves como un robot, pero un robot al menos diría cosas con sentido y tú no lo haces. Y esto…

Pasó la yema del dedo por las sombras oscuras bajo sus ojos y por las arrugas que el dolor y tensión habían dibujado en su rostro.

—Esto te delata. ¿Qué ocurre, Alannah? ¿Qué le ha pasado a Chris?

Era otra sorpresa que ella no esperaba. Echó la cabeza hacia a tras y sus ojos se agrandaron.

—Chris… ¿Recuerdas el nombre de mi hermano?

—Lo recuerdo todo —dijo Raúl, con un tono de voz que descendió como una corriente eléctrica por su espalda, llevándose con ella un poco más del control que tanto le había costado reunir—. ¿Vas a decirme qué ha ocurrido? ¿Qué tiene Chris?

Atrapada por el ardor de sus increíbles ojos, como un conejo ante los faros de un automóvil, Alannah sintió que su control se evaporaba, dejándola temblorosa y desconsolada, una sensación que empeoró al sentir cómo las manos de Raúl se tensaban sobre sus hombros y unos dedos duros se clavaban en su piel bajo la camiseta negra.

–Dímelo –fue una orden, una que ella sabía que sería peligroso desobedecer. Sólo la verdad podría satisfacerlo, y si le ocultaba algo, lo notaría.

–Chris...

Buscó una forma de decirlo, pero no había otra que la dura y fría realidad que había estado intentando absorber, aceptar y soportar durante las últimas veinticuatro horas.

–Mi hermano... Chris se ha ido... ha muerto.

Y cuado dijo esa última y terrible palabra, se derrumbó por completo y las lágrimas que había intentado controlar hasta ese momento la desbordaron. Sin fuerza ni ganas de luchar, se rindió a la tristeza, al dolor y a los estremecedores sollozos que la asolaron.

Cegada por las lágrimas, sintió cómo los fuertes brazos de Raúl la rodeaban y apretaban contra sí. Sumida en la oscuridad y desazón de su pérdida no pudo dilucidar si ese gesto era el más maravilloso y bienvenido del mundo, o si era lo más peor y más peligroso que podría haberle ocurrido.

Sólo sabía que bajo sus mejillas empapadas y la súbita debilidad de su cuerpo, sentía la fuerza y el apoyo que necesitaba, así que hundió el rostro húmedo en la chaqueta de Raúl y lloró con toda la fuerza de su corazón.

Capítulo 2

MIENTRAS miraba las luces de las casas que su coche dejaba atrás a toda velocidad, Raúl se dijo, furioso, que no debería haberla tocado. ¡No debería haberla tocado, en ningún caso! Debería haber sabido adónde lo conduciría eso.

Maldito fuera, por su estupidez. Debería haberlo sabido.

Había intentado convencerse de que dos años eran mucho tiempo. Se había dicho que, durante las dos docenas de meses transcurridos desde que ella se alejara de su vida sin mirar atrás, había conseguido olvidarla, sacársela de la cabeza.

«¡Olvidarla! ¡Ja!».

–¿Qué?

Sin darse cuenta, había dejado que la breve y amarga carcajada escapase de sus labios y la mujer que estaba sentada a su lado en el asiento trasero del coche había emergido brevemente del silencio en el que se había sumido tras su estallido de dolor. Había alzado la cabeza hacia él y sus ojos eran como oscuras lagunas en un rostro blanco como la nieve.

–Nada… –agitó la mano con indiferencia y ella volvió a sumirse en el silencio y en sus oscuros pensamientos.

¿Qué hacía allí con ella? ¿Cómo había terminado escoltándola a su casa cuando ya sabía que había cometido uno de los peores errores de su vida al rodearla con sus brazos? Aún le ardían los dedos en los lugares en los que había tocado su piel, su nariz aún estaba impregnada del aroma de su cabello y de su cuerpo, de una manera que le recordaba dolorosamente las largas e inquietantes noches de frustración sexual que había sufrido las semanas siguientes a su partida. Noches que lo habían llevado a buscar la compañía de otra mujer, cualquier mujer, y a descubrir que estar con otra persona hacía que se sintiera aún peor, acumulando insatisfacción sobre insatisfacción, hasta que creyó que ardería en llamas.

Era lo último que debía estar sintiendo en ese momento. Lo último en lo que deseaba pensar. Sin embargo, un solo contacto lo había devuelto al punto de partida. La había tenido un momento en sus brazos y era como si ella nunca lo hubiera abandonado.

Pero no podía haber hecho otra cosa. Cuando ella se había derrumbado así ante él, casi lanzándose a sus brazos, sólo una bestia podría haberla rechazado.

Y más sabiendo exactamente por lo que estaba pasando, por la crudeza del dolor y la sensación de incredulidad que impedía aceptar la realidad.

«Lorena».

El adorado nombre fue como una cuchillada que atravesara su mente y tubo que cerrar los párpados ante el ardor que le quemaba los ojos. Nunca podría borrar de su mente el momento en el que había tenido que identificar el cuerpo de su hermana, frío y rígido.

Con ese momento grabado a fuego en su mente, sabiendo que Alannah estaba pasando por algo similar, había sido imposible rechazarla.

—Gracias por llevarme a casa.

Alannah, que por fin había emergido de su silencio, parecía obligarse a mantener una conversación. Raúl percibió el esfuerzo que le costaba hablar, la monotonía plana de su voz.

—Has sido muy amable.

Él rechazó sus palabras con un ademán brusco.

—No es nada —dijo, incapaz de que su voz sonara distinta de un hosco gruñido. Ella apretó la chaqueta alrededor de su cuerpo, como si tuviera frío.

—Podría haber vuelto en autobús.

Entonces fue la voz de ella la que sonó fría. El último atisbo de la mujer que había sollozado en sus brazos había desaparecido para ser sustituido por una mujer serena, fría y distante. Él casi sintió los témpanos de hielo que se formaban en el interior del coche. Probablemente, igual que él, se arrepentía de haber cedido al impulso de llorar en sus brazos. Él no debía hacerse ilusiones al respecto. Había estado al borde del abismo cuando él entró en la sala de espera, y era la única persona disponible. No dudaba que ella habría elegido a cualquier otra para desahogarse, si hubiera tenido la oportunidad.

—¿Con este tiempo?

Señaló la lluvia que se estrellaba contra las ventanillas del coche; el ruido del limpiaparabrisas y de las ruedas surcando enormes charcos de agua casi apagó sus palabras.

—Habrías estado empapada antes de llegar a la parada de autobús. Además, Carlos me esperaba para llevarme a la ciudad y, encima, tu piso está de camino al hotel.

Además, él no había estado dispuesto a dejarla sola en una noche como ésa y en el estado en que se encontraba. Aunque finalmente sus terribles sollozos se habían apaciguado hasta convertirse en un silencio jadeante, su frágil cuerpo había seguido temblando en sus brazos y las lágrimas reluciendo en sus ojos.

—Lo he hecho antes.

—Estoy seguro de que sí, pero no había necesidad esta noche, estando mi coche disponible.

Se preguntó qué habría hecho ella si le dijera que entendía perfectamente lo que estaba sintiendo. Que él estaba pasando por la misma odiosa experiencia y que por eso no había podido permitir que se enfrentara sola al corto viaje de vuelta a casa.

Al recordar de repente por qué estaba utilizando su compañía para evitar sus propios y oscuros pensamientos, por qué necesitaba su presencia para llenar el vacío que él mismo sentía, sacudió la cabeza para despejarla de imágenes terribles e indeseadas.

—¡Podría haberme apañado!

El tono de voz de Alannah le indicó que ella había visto y malinterpretado el brusco movimiento de cabeza.

—¡No siempre soy tan débil! Suelo poder con todo, es sólo que esta noche las cosas… me superaron.

—Créeme, lo entiendo. ¿Pero no había nadie más que pudiera haber estado allí contigo? ¿Tu madre?

—Créeme, mi madre está mucho peor que yo.

Su voz sonó grave y miraba por la ventana, como si estuviera interesada en los coches que pasaban.

–Va en contra de las leyes naturales que una madre se entere de la muerte prematura de un hijo, y apenas empezaba a recuperarse de la muerte de mi padre. Está destrozada… no duerme, no come.

Movió la cabeza y apretó los labios, luchando, como él sabía bien, contra las lágrimas.

–Sólo lo soporta gracias a los sedantes que le ha recetado el médico. Al menos esta noche han podido con ella. Pero es incapaz de hacer nada práctico. Soy yo quien ha tenido que ocuparse de todo.

Raúl reconoció demasiado bien el deje de impotencia de esa última frase. El recuerdo de su imagen en el hospital, perdida y sola, sin nadie que la ayudara, sin apoyo, sin compañía, le provocó una oleada de fría ira.

–¿Y dónde diablos estaba *él*?

Eso hizo que ella alzara la cabeza y sus ojos entornados se encontraron con los de él.

–Dónde estaba… ¿quién?

–El hombre de tu vida…

El hombre por quien ella lo había dejado.

–Tu amante, tu novio, lo que sea que lo llames.

–Ah…

El cerebro embotado de Alannah reaccionó con lentitud. Estaba hablando del hombre por quien había alegado dejarlo. Un hombre que no había existido entonces y seguía sin existir. Se lo había inventado, y nunca había encontrado a nadie que tuviera la más mínima oportunidad de hacer realidad esa alegación. Habría sido imposible dejar entrar a un hombre nuevo en su vida cuando aún no se había recuperado totalmente del anterior.

Lo había intentado. Desde que había descubierto

lo que Raúl quería de ella en realidad y se había
visto obligada a reconocer que sus sueños de ser
amada y adorada hasta el fin de sus días no eran más
que eso, sueños e ilusiones vanas, había intentado
dar la vuelta a su vida y seguir adelante sin contar
con un futuro feliz que incluyera a Raúl Márquez.

Pero no había tenido éxito. Las pocas citas que
había tenido habían sido un fracaso; ningún hombre
le suscitaba ni siquiera un atisbo del interés y la excitación que había provocado Raúl con su mera
existencia. Así que había decidido concentrarse en
su carrera y borrar de su mente cualquier pensamiento romántico. También le habría gustado borrar
a Raúl de su cabeza, pero el romance de su hermano
mayor había hecho que eso fuera imposible.

Y la trágica conclusión de ese romance había llevado a Raúl de vuelta a su vida. Sintió un pinchazo
de dolor y angustia. Se preguntó si alguna vez podría pensar en Chris sin sentir una oleada de angustia y la quemazón de las lágrimas en los ojos.

—Bueno, por lo menos no te has lanzado a defen-
derlo con una excusa.

Raúl había malinterpretado la razón de su silencio, pensando que se debía a la pregunta sobre su
supuesto nuevo compañero.

—No hace falta ninguna excusa —le lanzó ella, sin
detenerse a pensar si era conveniente decir eso.

—¿No? Si fueras mía, no te dejaría ocuparte de
todo esto sola. Estaría a tu lado, cada momento del
día.

—Pero no soy tuya, ¿verdad Raúl?

Nunca había sido suya de verdad. No en la manera
que más había deseado y anhelado serlo. Él la había

visto como suya, por supuesto. En su cabeza había sido su mujer, su posesión, para hacer con ella lo que quisiera. Como él nunca había tenido pensamientos de amor, nunca había considerado que ella podía necesitar más que lo poco que él estaba dispuesto a ofrecerle.

Alannah no se podía permitir pensar en cuánto significaría tener un hombre como él, poderoso, determinado y capaz, a su lado en esos días oscuros y llenos de desesperación. Un hombre que la ayudaría y apoyaría. Que utilizaría su fuerza para allanarle el camino lo más posible. Ni siquiera tenía sentido soñar con ello. Ese hombre nunca sería Raúl, ella se había asegurado de eso con sus acciones dos años antes. Era aún más ridículo, más destructor para su alma, pensar que quizá como esposo habría asumido esa función de apoyo. Pero él nunca habría sido el esposo que había soñado tener.

Y la horrible verdad era que, si se hubiese casado con él, la tragedia de ese fin de semana no habría tenido lugar y ella no sentiría esa desesperada necesidad de apoyo.

—No todo el mundo es un millonario que puede estar donde quiere y cuando quiere, sin pensarlo más —los recuerdos tiñeron su voz de amargura—. Alguien que no tiene problemas para tomarse tiempo libre en el trabajo o dejar otros compromisos…

La voz de su conciencia le recordó la razón de que Raúl estuviera allí, por qué había tenido que dejarlo todo y volar a Inglaterra… se le hizo un nudo en la garganta y se tragó sus palabras. Ya debería haberle contado la verdad de lo ocurrido. Por eso lo había estado esperando en el hospital. Había ido a decírselo; a asegurarse de que no se enterara por otras personas. Era ella quien debía decírselo.

Sin embargo, lo había embarullado todo. Cuando intentó hablar de Chris se había derrumbado, roto en pedazos, y todo había quedado sin ser dicho.

No podía decírselo en ese momento. No en la oscuridad del coche, con el chófer al volante y el cristal de separación con los pasajeros abierto; el conductor oiría cada palabra que dijese.

—Entonces, ¿ese nuevo hombre tuyo está trabajando?

Ella no podía contestar a eso sin mentir, así que optó por dar una respuesta ambigua que rezó por que lo satisficiera y la librase de decir la verdad.

—¿Nuevo? Han pasado dos años.

—Tanto tiempo… y aun así no llevas anillo.

Lo dijo con voz suave, casi un murmullo en el silencio, y Alannah se sorprendió con la reacción instintiva de poner la mano derecha sobre la izquierda, ocultando el dedo sin anillo. No sabía por qué había hecho eso, pero algo en la voz de Raúl le había provocado un desagradable escalofrío que la llevó a removerse en el asiento, inquieta.

—Eso no es necesario.

De nuevo, evitó la respuesta real. El anillo no era necesario porque no habían ningún hombre, nuevo o antiguo, en su vida.

—Ah, entiendo. ¿Tal vez ése fue mi error?

—¿Error? —Alannah parpadeó, confusa. Raúl Márquez nunca admitía sus errores.

—¿Mi enfoque fue demasiado convencional? Deberías haberme dicho que no te interesaba casarte.

—¡No me interesaba casarme *contigo*!

Deseó que fuera tan convincente como había hecho que sonara. La amarga realidad era que el corazón estuvo a punto de estallarle de júbilo cuando le propuso matrimonio. Con veintiún años, inocente e ingenua, no había pensado ni un segundo que ese hombre tan devastadoramente sexy pudiera tener más motivo para casarse que el de estar locamente enamorado de ella, igual que ella lo estaba de él.

No se había planteado que un sofisticado hombre de mundo como Raúl pudiera tener otras razones más pragmáticas para desear una boda. Razones que hacían que su inocencia, sexual al menos, y sus antecedentes familiares fueran mucho más importantes que cualquier sentimiento que ella pudiera tener.

—En realidad, fue mucho mejor que rompiéramos cuando lo hicimos —dijo ella, tanto para librarse de sus pensamientos como para llenar el incómodo silencio que se había producido—. Ya conoces el dicho «... mira lo que haces».

—Sí, pero ese dicho empieza: «Antes que te cases...» —dijo Raúl, burlón—. Ni siquiera nos acercamos a eso.

—Y deberíamos dar las gracias por ello. Si nos hubiéramos casado, habría sido un desastre.

—¿Eso crees?

—Sin duda —afirmó ella, irritada por el tono escéptico de la pregunta—. ¿No estás de acuerdo?

El silencio que siguió resultó desconcertante.

Se volvió hacia él confusa y captó una mirada en sus ojos que tardó unos momentos en interpretar. A su pesar, el corazón le dio un salto en el pecho, y la sangre palpitó en sus venas.

Pensó que él sólo tendría que moverse unos centímetros, girar en el asiento y estaría de cara a ella, con la cabeza más alta. Después sólo tendría que bajar la arrogante cabeza morena y aplastar sus labios con el beso que era obvio deseaba robarle. Ese beso que prometían el brillo de sus ojos y su bella y dura boca.

El beso que ella anhelaba recibir.

Comprender eso fue como recibir un puñetazo en el estómago; se quedó sin aliento.

Quería que Raúl la besara. Lo deseaba tanto que era como un alarido resonando en su cabeza. Un grito de necesidad que luchaba contra otro de rechazo y advertencia. Eso no tendría sentido. No sólo sería una estupidez, también implicaría un peligro infernal. Debería estar corriendo, alejándose de Raúl tan rápido como le permitieran las piernas. No allí sentada, imaginando, esperando, anhelando…

–Raúl… –dijo, intentando que sonara como una advertencia, un intento de disuasión. Pero tenía tan poco control sobre su lengua que la palabra sonó sensual, incitante y provocativa, aunque buscaba lo contrario.

–Alannah… –murmuró Raúl, con un tono de voz equiparable al de ella. El ronco ronroneo pareció enroscarse alrededor de su cabeza como una espiral de humo perfumado que la embriagó. Ella entreabrió los labios y dejó escapar un suspiro jadeante.

Los relucientes ojos de él la escrutaban, y ella vio que, durante un instante, su boca se curvaba con una sonrisa diminuta. Observaba su boca entreabierta. Ella se quedó paralizada mientras su morena cabeza se ladeaba hacia un lado, descendía…

Y se detenía de repente cuando el coche se acercó

a la acera y se detuvo suavemente ante la puerta principal del edificio en el que estaba su piso. El conductor dijo algo que sonó a «Aquí estamos», rompiendo el tenso silencio que los atenazaba a ambos...

Raúl siguió inmóvil. Seguía teniendo la mirada fija en sus labios, una mirada tan intensa que ella casi sintió que le quemaba la delicada piel y los resecaba, hasta el punto de que tuvo que pasarse la lengua por los labios para aliviar la incomodidad.

Estuvo a punto de soltar un gruñido, pero no sabía si de alivio o de decepción, cuando ese leve movimiento de su lengua rompió el hechizo. Raúl alzó la cabeza, sus ojos se encontraron un instante y luego desvió la mirada hacia la calle empapada por la lluvia.

—Ésta es mi parada —consiguió decir Alannah, con voz forzada—. Aquí me bajo.

Si esperaba respuesta, no la recibió. En vez de eso, Raúl se inclinó sobre ella y abrió la puerta, dejando entrar una oleada de aire frío y húmedo. Después se recostó, obviamente esperando que saliera del coche lo antes posible; o al menos eso parecía indicar su expresión.

—Gracias por traerme.

—De nada —dijo él, pero sonó como si hubiera supuesto un gran esfuerzo.

El brusco cambio de fiera sensualidad a frío distanciamiento resultó tan desconcertante que Alannah empezó a temblar, sin poder evitarlo. Había estado segura de que..., sin embargo ese cambio de humor la obligó a preguntarse si había estado imaginando cosas, engañándose del todo.

Salió del coche rápidamente, sin ninguna elegancia. Cuando puso el pie en la acera y sintió el azote del viento y la lluvia, recordó de repente por qué había ido a ver a Raúl. La razón de haber estado en el hospital.

Había ido para contarle toda la verdad sobre el terrible accidente que le había arrancado la vida a Chris, y ni siquiera había empezado. Había dejado que el tiempo pasara, atrapada por los recuerdos del pasado, pensando en todo menos en lo que debía.

En lo que debería haberle contado.

Lo que aún tenía que contarle.

No podía permitir que otra persona le diera la noticia; que lo descubriera de otro modo. Sólo ella podía contarle todo lo que había ocurrido, y su obligación era que escuchara la historia verdadera. Era lo último que podía hacer por su hermano, la única manera de preservar el recuerdo de Chris.

Pero no podía darse la vuelta y soltarlo sin más, apoyada en la puerta, donde el chófer y cualquier viandante podrían oírla.

No podía hacer eso, ni siquiera al Señor Sincorazón Raúl Márquez. Dadas las circunstancias, le debía algo más.

Así que hizo acopio de todas sus fuerza, inspiró profundamente y se inclinó hacia el coche.

—No hace falta que nos despidamos así, ¿no crees? ¿Te gustaría entrar… a tomar un café?

Supo que había formulado mal la frase en cuanto acabó de decirla, pero cuando resonó en el silencio de la noche, le pareció horrible. Se sintió aún peor al ver cómo cambiaba el rostro de Raúl: sus ojos se estrecharon y su boca se convirtió en una fina y tensa línea.

–¿Café? –repitió, haciendo que la palabra sonara como una maldición, como si fuera una bebida alienígena para él.

–Bueno, al final no bebiste nada en el hospital… –apuntó ella nerviosa, sin ver que eso hiciera cambiar su expresión distante.

Iba a rechazarla, su corazón lo intuía. Estaba a punto de alzar la mano con un gesto negativo y ordenarle a Carlos que siguiera conduciendo, para después cerrarle la puerta en las narices. Si hacía eso, no tenía forma de volver a ponerse en contacto con él. Al fin y al cabo, por eso había ido a esperarlo al hospital.

–Por favor… –añadió rápidamente–. No hace falta que sea mucho tiempo. Sólo quiero darte las gracias…

–No son necesarias.

Pero titubeó un momento y la miró a los ojos. Ella se echó hacia atrás como si su la mirada escrutadora fuera tan peligrosa como la punta de una flecha envenenada. Se preguntó qué estaría pasando por esa mente fría y calculadora.

Bruscamente, él se inclinó hacia delante y dio una orden en español al chófer, que lo miró y asintió.

–¿Qué…? –empezó Alannah. Calló al ver una mano fuerte y morena desabrochar el cinturón de seguridad y echarlo a un lado.

–Media hora –dijo él, echando un vistazo al reloj de oro que lucía en la muñeca–. Vuelve a las nueve –le dijo a Carlos en inglés; Alannah supuso que lo hacía para que quedara claro–. Y no te retrases.

Alannah se preguntó si era tan imprescindible demostrar que no tenía tiempo para ella y que deseaba dejar su compañía lo antes posible. Pero al menos iba a acompañarla. Una vez estuvieran en su piso, en privado, le diría lo que tenía que decir rápidamente. Así con esa obligación cumplida, podría relajarse al fin.

Y Raúl volvería a salir de su vida y la dejaría en paz.

Se dijo que eso era lo que más deseaba en el mundo, negándose a admitir que el pensamiento le provocaba una intensa sensación de vacío.

De momento, ya tenía bastante con pensar en lo que tenía por delante y con enfrentarse a la apocalíptica tormenta que estallaría cuando Raúl conociera la verdad.

Si era capaz de superar los treinta minutos siguientes, podría volver a tomar las riendas de su vida.

Capítulo 3

YA EN EL ascensor que los llevaba a la quinta planta, donde estaba el piso de Alannah, Raúl se dijo que en treinta minutos estaría fuera de allí. En menos. Le había dicho a Carlos que regresara exactamente treinta minutos después, y ya habían pasado más de dos.

No los suficientes, en su opinión. Cuanto antes acabara con la situación, fuera la que fuera, mejor.

Lo cierto era que no sabía qué diablos estaba haciendo allí. Si tuviera sentido común, se habría quedado en el coche e ignorado la invitación de Alannah, pero esa noche su sentido común parecía haberlo abandonado; lo había dejado atrás al salir apresuradamente de España cuando recibió la llamada telefónica alertándolo sobre el accidente.

Al principio había pensado que el coche se había detenido justo a tiempo para impedirle hacer algo muy estúpido. Casi se había rendido a la tentación de besar a Alannah, de sentir la suavidad de sus labios, probar el íntimo sabor de su boca. Un par de segundos más y se habría perdido en la sensual tentación de ese rostro vuelto hacia él, de la suave curva de sus labios, el dulce aroma de su piel. Así que la detención del vehículo y el anuncio de Carlos habían llegado en el momento justo.

Pero tras bajar del coche, ella se había dado la vuelta y se había inclinado hacia él. La lluvia ya le había empapado el pelo, haciendo que cayera en mechones sueltos alrededor de su rostro, enfatizando aún más su palidez y lo grandes y oscuros que parecían sus ojos sobre las mejillas descoloridas. Había recordado lo delgada y frágil que le había parecido al tenerla en sus brazos, y aunque había estado a punto de rechazar su invitación a café, la negativa se apagó en sus labios al ver esos enormes ojos verdes.

En ese momento había pensado que entendía por qué le había pedido que subiera con ella. Suponía que sentía el mismo oscuro pavor que él ante la idea de quedarse a solas con sus pensamientos.

Cuando él llegara al hotel sólo lo estaría esperando una habitación vacía y sin alma. Un minibar que, en su estado de ánimo resultaría muy tentador, pero que no sería sensato asaltar. Además, no estaba seguro de que debiera dejar sola a Alannah en ese momento. Se había calmado desde su crisis emocional en el hospital, pero era obvio que apenas tenía control de sí misma. Lo veía en sus ojos y lo oía en el temblor de su voz. Y consciente del oscuro y terrible dolor de la pérdida que había sufrido, podía imaginar cómo se sentía, a pesar de que ella se esforzaba por ocultarlo.

Por eso la había acompañado, con la intención de ver su piso y tomarse esa maldita taza de café. Eso retrasaría, para ambos, el momento de quedarse a solas, el momento en que la oscuridad lo envolvería de nuevo quedaría retrasado media hora. Seguiría esperándolo cuando saliera del piso. Nada en el mundo podía evitar eso.

–¿Sigues viviendo en el mismo piso?

La cortesía exigía que dijera algo. Era eso o mirarla en silencio mientras el ascensor subía.

–En el mismo edificio –Alannah parecía, como él, dispuesta a esforzarse para conversar–. En la misma planta, de hecho. Pero no en el mismo piso.

El tono de su voz sonó grave, distante y retraído. Era la voz de una desconocida. No había en ella rastro de la chica ardiente y apasionada que había conocido, ni tampoco de la chica dulce e inocente. Se corrigió mentalmente; él había creído que era una dulce inocente. Pero sólo había visto lo que quería ver y pronto había sufrido una gran decepción.

Con veintiún años, recién salida de la universidad, sólo buscaba una aventura de verano. Una vez cumplida su misión, había pasado a otra persona.

–El año pasado quedó libre un piso más grande, así que me lo quedé.

–Con espacio para dos.

–¿Qué? –arqueó las cejas con expresión de intriga.

–Tu nuevo hombre –explicó Raúl–. Supongo que queríais vivir juntos.

–Oh, no, nada de eso.

Con una ademán de la mano desdeñó a ese hombre quitándole importancia.

–Tuve un ascenso en el trabajo y el piso quedó vacío ese mismo mes. Siempre había querido tener más espacio y me pareció la oportunidad perfecta.

El ascensor se detuvo mientras hablaba, la puerta de metal se abrió y salieron al pasillo.

–Solía vivir en ése… –señaló una puerta a la izquierda–. Pero ahora vivo por aquí…

Si esperaba una respuesta, no la recibió, aparte de un sonido inarticulado que podría haber sido de asentimiento. Desde el momento que ella se había dado la vuelta y empezado a andar, alejándose de él, Raúl se había distraído temporalmente. Seguir a Alannah por el pasillo enmoquetado en color azul era una experiencia sensual lo suficientemente intensa para captar toda su atención. La caída de su cabellera bermeja acentuaba la línea recta de su espalda y contrastaba con las curvas redondeadas de sus caderas. La piernas largas y esbeltas, embutidas en los ajustados vaqueros, incrementaban el deleite de la visión.

Él agradeció la sensación de calidez que recorrió su cuerpo. Parecía llenar los agujeros negros que habían invadido su corazón y su mente desde que había contestado al teléfono en mitad de la noche y escuchado la noticia del accidente de Lorena. Desde ese momento se había sentido como si apenas se moviera, hablara o funcionara. Ni siquiera la presencia de Alannah en la sala de espera del hospital lo había afectado excesivamente.

Incluso cuando ella sollozaba en sus brazos, se había sentido como si su cabeza estuviera llena de agua oscura y helada que le impedía sentir y pensar. Había reaccionado como lo habría hecho ante cualquier otro ser humano que sufriera dolor y desconsuelo, igual que le había ofrecido llevarla hasta su piso en coche. Porque era lo único que podía hacer.

Pero luego había llegado ese momento en el coche, en la oscuridad, en que al ver su rostro alzado hacia él, iluminado por las farolas que iban dejando atrás, no sólo había visto a un ser humano, sino también a una mujer. Una mujer bella y viva.

Y entonces había sentido por primera vez que algo más cálido y más parecido a un sentimiento se despertaba en su interior. Algo que lo hizo sentirse como si el agua negra y helada que llenaba su mente sintiera la caricia de diminutos rayos de luz que la templaban levemente. Pero el coche se había detenido y lo había devuelto a la realidad de una noche húmeda, oscura y fría en Inglaterra, en lugar del cálido sol que había dejado atrás, en España. Había recordado por qué estaba allí y la sensación de vacío había regresado como un torbellino.

Cuando ella bajó del coche y se volvió hacia él, había visto ese mismo vacío en su rostro. Y había sabido que al menos compartían eso. Tal vez nunca volvieran a ser íntimos, de hecho nunca lo habían sido de verdad, pero esa noche compartían la terrible sensación de pérdida. Entonces había decidido que durante treinta cortos minutos podrían mantener alejada a la oscuridad juntos, para luego seguir su camino, como barcos que se cruzaran en la noche.

–Entra…

Perdido en sus pensamientos, no se había dado cuenta de que Alannah había abierto la puerta y la sujetaba esperando a que entrase al piso.

En ese rostro carente de color, los ojos verde profundo parecían oscuras y musgosas lagunas, profundas e inescrutables; la palidez de su piel parecía aún mayor en contraste con el pelo oscurecido por la humedad de la lluvia. La misma lluvia que había hecho que la camiseta negra se pegara a las firmes curvas de sus senos.

–Deberías quitarte esa ropa mojada –dijo él, con voz rasposa que reflejaba la amargura de sus pensamientos. Vio que ella habría los ojos con asombro y el verde profundo destelló con chispas doradas, así que se esforzó por modular el tono de su voz–. O al menos secarte el pelo.

–Estoy bien.

Como si quisiera demostrarlo, se echó hacia atrás los mechones de cabello húmedo, se quitó la chaqueta y la dejó sobre una silla antes de cruzar la habitación hacia la puerta de la cocina.

–Y debería hacerte ese café.

La negativa de Raúl, en español, fue tersa y firme. Notaba una tensión en su esbelto cuerpo que le recordó el destello de sospecha que había cruzado su mente en el instante en que lo invitó a subir. Estaba nerviosa e inquieta, y eso sugería que la angustiaba algo más de lo que podía apreciarse a primera vista. Era imposible que pensara que él creía que lo había invitado a subir sólo para tomar *café*.

El querer invitarlo a tomar café no le habría dado ese tono rasgado a su voz, ni habría oscurecido sus ojos con una emoción imposible de leer. Pero era obvio que ella pretendía ignorarlo, pues entró en la cocina.

–El cuarto de baño –dijo él con voz cortante. Ella se detuvo bruscamente, como si hubiera estado esperando a que hablara, pero no que dijera eso en concreto, porque lo miró confusa.

–¿Dónde está el cuarto de baño? –repitió él.

–Ah… por el pasillo –señaló en la dirección adecuada–. La primera puerta a la izquierda.

Él tardó un momento en tomar el pasillo, entrar al cuarto de baño y agarrar la toalla que colgaba de una barra, junto a la pared. Con ella colgando de los dedos, regresó a la cocina, donde ella aún estaba llenando el hervidor de agua bajo el grifo.

–Venga…

Con una mano le quitó el hervidor y lo dejó sobre la encimera. Con la otra, colocó la toalla sobre su cabeza y empezó a secar con suavidad el pelo empapado.

Alannah se quedó inmóvil. Cada centímetro de su delicada estructura se puso rígida de tensión y rechazo.

–¿Qué estás haciendo? –exigió desde debajo de la toalla.

–Yo diría que es obvio. Estoy secándote el pelo.

–¡Pues déjalo!

Lo masculló entre dientes, destilando veneno en cada palabra. El suficiente para que él detuviera las manos, sin soltar la toalla.

–No te he pedido que hagas eso, ni nada parecido. He dicho que estaba bien.

–No tienes aspecto de estar bien…

–Estoy *bien*, así que quítame las manos de encima.

–¡De acuerdo! –exclamó Raúl con voz dura y cortante. Dejó caer la toalla al suelo y dio un paso atrás, alzando las manos entre ellos, con los dedos abiertos y en actitud aparentemente defensiva.

Pero la expresión de sus ojos daba al traste con cualquier gesto de defensa. No había nada inquieto o inseguro en la mirada que clavó en ella. La cólera hacía que sus ardientes ojos color bronce parecieran traslúcidos, y chispeaban retadores, desafiándola a discutir con él.

–Sin embargo, estrictamente hablando, no te he

puesto las manos encima. Así que yo diría, Alannah, querida, que estás exagerando un poco. Más que un poco.

–Yo... —empezó Alannah. Pero Raúl ignoró su intento, ya fuera para protestar o pedir disculpas, y siguió hablando por encima de su voz. Ella en el fondo agradeció no haber tenido la oportunidad de disculparse.

–Si te hubiera tocado, entonces tal vez tendrías algo de lo que quejarte. O si te hubiera besado...

Alannah captó su intención en los ojos devastadores y en la forma en que ladeaba la cabeza y clavaba la mirada en su boca.

–Tú no harías...

Deseó echar a correr, escapar, pero incluso mientras lo pensaba comprendió que era demasiado tarde. Cualquier posibilidad de escapatoria quedó anulada cuando dos fuertes manos se apoyaron en el fregadero, atrapándola entre ellas e impidiendo que se moviera.

Estaba cerca, demasiado cerca, y las molestas y preocupantes sensaciones que había sentido en el coche volvieron a desatarse en su interior, pero más agudas e intensas, haciendo que se removiera incómoda en el limitado espacio que había entre los brazos que la confinaban. Pero eso sólo hizo que sintiera su calor y fuerza, y que se acercara más al largo y duro cuerpo que tenía delante. Tenía el corazón acelerado y el sonido de la sangre desbocada surcando sus venas era un rumor sordo en su cabeza.

Iba a besarla, no tenía ninguna duda al respecto. Lo veía en su mirada, en la total inmovilidad de su poderoso cuerpo. Iba a besarla, y esa vez no habría coche que se detuviera de repente, ni voz de Carlos que lo distrajeran de su propósito.

Se pasó la lengua por los labios resecos con nerviosismo y esperó, observando cómo se acercaba su bello rostro.

Y lo miró con incredulidad cuando fue él mismo quien detuvo la acción, dejó de acercarse y movió la cabeza con gesto negativo.

–Me parece que no –dijo con dureza, giró sobre los talones y fue hacia la puerta; ella se quedó mirándolo atónita y preguntándose qué había hecho para hacerle cambiar de opinión.

Se preguntó si habría sido alguna pequeña reacción instintiva, algo que él había captado en su rostro. Quería saber exactamente qué lo había detenido, haciéndolo cambiar de opinión y llevándolo a alejarse de ella.

–Raúl… –el nombre se apagó en su boca, sonó casi como un gemido. Además, hablaba con la fuerte y larga espalda de él, que se alejaba. Si la había oído, no dio muestras de haberlo hecho.

Y para consternación de Alannah, eso hizo que se sintiera fatal, desconcertada y confusa; empezaron a temblarle las piernas.

Lo mismo habría dado que la besara; estaba reaccionando como si lo hubiera hecho. Si la hubiera tomado entre sus brazos y asaltado su boca y sus sentidos, no habría conseguido que se sintiera peor de lo que se sentía en ese momento, de hecho, tal vez se habría sentido mejor. Alannah movió la cabeza y admitió para sí que no lo sabía. Pero lo cierto era que estaba temblando por reacción a su proximidad, al calor que había emitido su cuerpo. Había sentido un sensual cosquilleo en la piel y sus nervios se habían tensado anticipando ese beso, y en realidad había sido una terrible decepción que no se produjera.

Decepción.

Era una palabra que le sonaba errónea.

Había pasado los dos últimos años dejando a Raúl Márquez atrás, empeñada en olvidarlo y sacarlo de su vida para siempre. Mientras agarraba el hervidor y volvía a ponerlo bajo el grifo, se dijo que no quería recordarlo, ni estar con él, ni que tuviera nada que ver con su vida. Agradeció que Raúl no estuviera en la cocina y no viera sus bruscos y torpes movimientos, que delataban su inquietud, la batalla que estaba librando en su interior.

–Oh, no… ¡No! –sus palabras quedaron apagadas por el ruido del agua–. ¡No puede pasarme esto!

Pero lo había querido una vez y la gente decía que nunca se olvidaba al primer amor. Ella lo había adorado, se había enamorado total e irremediablemente de él en un segundo, y había puesto su ingenuo, vulnerable e inocente corazón en sus manos, para que él lo estrujara con brutalidad y lo rompiera en pedazos. Sin embargo, igual que los dinosaurios habían dejado sus huellas en la piedra siglos antes, él había dejado su marca en ella y en sus sentidos; por eso había reaccionado a su contacto y a su cercanía con la fuerza de un instinto primitivo y básico.

Había cometido un terrible y estúpido error en el hospital cuando, débil y desesperada, se había lanzado a sus brazos y llorado amargamente sobre su hombro. Se había permitido conocer, durante un corto periodo de tiempo, el peligroso y prohibido consuelo de sentir el apoyo de su fuerza, el poder de su cuerpo rodeándola. Eso había debilitado sus defensas, abriendo grietas en la coraza que había construido a su alrededor para impedir que Raúl pudiera volver a hacerle daño, y el resultado final era que se sentía mucho más vulnerable ante él.

Por eso había reaccionado con desmesura, como un gato escaldado bufando y sacando las uñas, cuando intentó secarle el cabello. Sólo podía culparse a sí misma de que él se hubiera encolerizado y abandonado la cocina. Lo peor era que su actitud defensiva había desvelado en gran medida lo vulnerable que se sentía.

Se dijo que eso no volvería a ocurrir, nunca más, y puso el hervidor sobre el fuego.

—Si esa agua es para el maldito café en el que tanto insistes, te repito de nuevo que no quiero uno.

Raúl había reaparecido en el umbral, grande, con aspecto oscuro y peligroso y el ceño fruncido.

—¿Qué quieres entonces?

Él alzó los hombros con indiferencia, pero aunque el gesto parecía rechazar la pregunta como irrelevante, algo nuevo chispeó en la profundidad de sus ojos. Algo que provocó un escalofrío de aprensión a Alannah. La miraba con suspicacia, como si hubiera percibido que su inquietud y nerviosismo debían de tener alguna razón aún no expresada.

—Dímelo tú…, al fin y al cabo, eres quien me ha invitado a subir. Y utilizaste el café como excusa.

—No era una excusa…

Recordar la razón por la que realmente lo había invitado a su casa, y la preocupación de no haberse atrevido a mencionar el tema aún, hicieron que su voz se cascara y sonase como si tuviera algo que ocultar.

–¿No? –inquirió Raúl con dureza–. ¿Entonces por qué estoy aquí? No vas a convencerme de que ofrecerme *café* era tu objetivo principal.

–No el principal –concedió Alannah. Pero al ver cómo él entrecerraba los ojos e inclinaba la cabeza hacia atrás, se le cerró la garganta y no pudo seguir.

–¿Y? –insistió Raúl, áspero–. Si el café no era el objetivo principal, ¿cuál lo era? Dime por qué estoy aquí, por qué me has invitado a subir a tu casa –metió la mano en el bolsillo de la chaqueta y sacó un elegante teléfono móvil de color negro–. Y dime la verdad o llamaré a Carlos para que venga ya… –movió el dedo pulgar sobre el teclado.

–No, espera…

No podía dejar que se fuera, no hasta haberle contado la verdad que exigía, la verdad sobre Chris, el accidente y… Pero no podía decírselo sin maniobrar cuidadosamente hasta abordar el tema. No podía soltarlo de sopetón, sin más aviso. Ésa era la razón de que hubiera insistido en hacer café.

¿Por dónde empezar cuando sabía perfectamente cómo reaccionaría a la noticia?

Debería empezar hablando de Chris… pero sólo pensar en el nombre de su adorado hermano hacía que su mente se bloqueara de dolor, dejándola incapaz de formular esa sencilla palabra: Chris.

–Alannah…

Había esperado demasiado, perdida en sus preocupaciones, y Raúl se impacientaba porque su nombre había sonado como un gruñido de advertencia. Se obligó a concentrarse y vio que él volvía a mover el dedo, amenazando con pulsar la tecla de llamada rápida.

–No, ¡espera, por favor!

Sintió un intenso alivio al ver que él titubeaba y detenía el dedo a un centímetro del teclado. Los ojos color bronce se clavaron en ella, quemándole la piel y haciendo que se sintiera expuesta y atenazada por la aprensión.

–Entonces, dímelo.

–Lo haré… te lo prometo. Pero no aquí. No de esta manera. ¿Por qué no vamos a sentarnos? Estaremos más cómodos en el salón.

Pero no estarían cómodos mucho tiempo. Tenía que decírselo ya, o él se marcharía sin oír la verdad. No se atrevía a pensar en lo que ocurriría después. Su estómago era un manojo de nervios y la tensión empezaba a ponerla enferma.

–¿Necesito estar cómodo para esto?

La nota de suspicacia de su voz se había intensificado, al igual que hizo el temor de ella al percibir ese detalle.

–Sería más… civilizado. Mira, dame un minuto para que me sirva algo de beber, un vaso de agua, puede que tú no quieras uno, pero yo sí. Y entonces yo… entonces hablaremos.

Durante un incómodo segundo pensó que él se negaría, porque le lanzó una mirada cínica y escéptica. Pero después inclinó la cabeza con gravedad.

–De acuerdo –dijo, dándose la vuelta para ir al salón–. Esperaré, pero sólo un minuto. No soy un hombre paciente y quiero saber qué diablos pasa aquí.

Alannah puso un vaso bajo el grifo y lo llenó hasta que el agua empezó a derramarse por los bordes. Con una mano cerró el grifo y con la otra se llevó el vaso a la boca y tomó varios largos tragos, después alzó el vaso hasta su frente y lo frotó de un lado a otro, intentando refrescarse y calmar su tensión.

Tenía que ir al salón y contarle lo ocurrido, después…

Se encogió al imaginar la probable reacción de Raúl, la tormenta que estallaría en cuanto acabase de hablar. Pero había que hacerlo y rápido. Le había concedido treinta minutos y ya habían pasado más de la mitad. Carlos regresaría muy pronto.

Dejó el vaso en la encimera, tomó aire y cuadró los hombros. Iba a hacerlo *ya*.

Cuando entró al salón se quedó sin aliento. Raúl la esperaba, enorme, oscuro e imponente, de pie junto a la chimenea de gas. En la mano sujetaba una fotografía enmarcada y la examinaba con la cabeza inclinada y los ojos entrecerrados.

La expresión de su rostro hizo que a ella se le partiera el corazón. Conocía esa mirada y sabía exactamente lo que significaba. Pero el auténtico problema era que sabía que lo que iba a decirle sólo empeoraría las cosas.

Capítulo 4

LA FOTOGRAFÍA era lo primero que había visto Raúl al volver a entrar en la habitación. Siguiendo la indicación de Alannah, se había encaminado hacia uno de los sillones que había agrupados junto a la chimenea de gas para sentarse. Por primera vez se encontró mirando hacia la pared y la pequeña mesa redonda que había contra ella. La mesa estaba llena de fotografías con marcos de distintas formas, tamaños y estilos: algunos de madera, otros de plata; algunas fotos eran antiguas, como la de su abuela, a quien él reconoció, y otras obviamente recientes.

Fue una de ésas la que le llamó la atención.

Y lo que vio fue como una puñalada que le rajara el corazón en dos, dejando salir el dolor y la angustia que había luchado por controlar desde que recibió la peor llamada que había recibido en toda su vida.

El nombre escapó de sus labios como un susurro, y el dolor de decirlo le quemó el alma. Sus ojos se nublaron tanto que por un momento pensó, tuvo la esperanza, de haberse equivocado y que la protagonista de la foto no fuera quien creía que era. Pero agarrarla y parpadear no sirvió de nada. Su vista se aclaró y resultó agónicamente evidente que no se había equivocado.

El bonito rostro de Lori le sonreía desde detrás del cristal. La sonrisa era deslumbrante, sus ojos marrones brillaban y tenía el pelo oscuro alborotado por una brisa invisible. Parecía totalmente feliz, absolutamente maravillosa.

Increíblemente viva.

Apretó el marco con tanta fuerte que casi pensó que la madera de pino se quebraría bajo la presión de sus dedos.

Era trágico, totalmente trágico. Lori era tan joven. Era demasiado joven, *había sido* demasiado joven. Le dio un vuelco el corazón al corregirse mentalmente, tal y como había hecho tantas veces en las últimas veinticuatro horas. Como tendría que hacer durante el resto de su vida, al menos hasta que se acostumbrara.

Y no quería acostumbrarse. ¡Nunca!

Se preguntó cómo era posible que su preciosa y adorada hermanita, que le habían puesto en brazos cuando apenas tenía un día y que se había apropiado de su corazón en ese mismo instante, estuviera muerta mientras él seguía vivo. Iba en contra de las leyes de la naturaleza que él ya hubiera disfrutado de diez años más de vida de los que tendría ella. Que su vida hubiera acaba a los veintiún años.

Era insoportable pensarlo. No podía hacerlo… Su cerebro dolido y embotado no lo soportaba.

El ardor que le quemaba los ojos hacía que la foto pareciera casi invisible. Deseó levantar una mano para frotárselos, pero no quería soltar la fotografía que seguía aferrando. No podía…

–Raúl…

Era una voz femenina, amable… tan gentil como los dedos que tocaron su mano con suavidad y cuidado.

–Raúl…

Le costó un gran esfuerzo apartar los ojos de la fotografía, y cuando lo hizo no pudo enfocarlos. Así que el rostro de Alannah le pareció borroso cuando se volvió hacia ella.

–¿Qué haces tú con una fotografía de Lori? ¿Por qué hay una fotografía de mi hermana en tu piso?

–Lori me la dio.

La voz de Alannah sonó desigual y extrañamente difusa. Tal vez le estuviera fallando el oído, al igual que la vista.

–Me la envió por mi cumpleaños.

Por supuesto. Su hermana había adorado a Alannah y le había encantado la idea de que se convirtiera en su cuñada. Había quedado devastada cuando le comunicó que no se casarían. De hecho, decírselo a Lori le había resultado muy difícil. Nunca había perdonado a Alannah por destrozar las ilusiones de su hermana, junto con las de él, cuando los abandonó.

–¿Seguías en contacto con ella?

–Sí.

Notó algo raro en su respuesta, un deje que no comprendía, y en ese momento no tenía la claridad mental necesaria para dilucidar qué era. Sólo sabía que la palabra lo irritó, hizo que su piel sintiera pinchazos tan dolorosos como los que sentía su corazón.

–¿Sabías que estaba en Inglaterra? ¿Vino a visitarte?

–Sí.

Allí estaba de nuevo, ese deje desacorde que hacía que algo se retorciera en su interior.

–Raúl… –empezó ella. Pero, de repente, el horrible pensamiento de que quizá ella no supiera la verdad hizo que él la interrumpiera.

–¿Sabías que… Lori… sabías que ha…?

Mientras tomaba aire, buscaba fuerzas para decir las horribles palabra: «muerto», «Lori ha muerto»…, Alannah se movió con rapidez y urgencia.

–¡Oh, no! ¡No lo digas!

Unos suaves dedos tocaron su rostro, se posaron en su boca para impedirle que enunciara la terrible verdad. Ella estaba muy, muy cerca, y el aroma de su cuerpo y la calidez de su piel lo envolvieron.

–No hace falta –le susurró–. Lo sé… en el hospital… me enteré…

–¿Lo sabes?

Él sintió un alivio tan intenso que resultó casi salvaje. Ella lo sabía, y por supuesto que lo entendía. Ella también había pasado por esa misma tragedia recientemente. Podía entenderle mejor que nadie. Tenía alguien con quien compartir su oscuridad.

–Lo sé.

Se inclinó hacia delante y apoyó la frente en la de él. Sintió su cálido aliento en la mejilla. La suave caricia de su cabello en la piel lo llevó a morderse el labio para controlar el gruñido de respuesta que había estado a punto de dejar escapar.

Desde la oscuridad y el vacío, sus sentimientos saltaron a la vida. La parte de sí mismo que se encontraba en suspenso, aturdida por la pérdida y la desesperación, fue traspasada por un rayo de sentimiento agudo y brillante como un destello de luz, delicado y doloroso como un estilete, que perforara la armadura de contención en la que se había envuelto.

Cerró la mano sobre la que ella había apoyado en su brazo, enlazando sus dedos fuertes con los pálidos y delicados de ella, y notó que él apretaba los suyos en respuesta. No hubo más palabras, igual que no las había habido cuando él la abrazó mientras lloraba desesperadamente en el hospital. En ese momento había envidiado sus lágrimas, y volvió a hacerlo. Le quemaban los ojos, pero estaban secos y arenosos. A él se le escapa el desahogo que había encontrado ella, aunque la tormenta desbocada que tenía en su interior exigía una forma de expresarse.

—Gracias…

No estaba muy seguro de qué le agradecía. Tal vez su comprensión, su caricia, su cercanía o, sencillamente, su silencio. El silencio implicaba que no tenía necesidad de intentar hablar ni pensar. Podía permitirse un momento de descanso, cosa que no había hecho desde que oyó la noticia. El silencio era suficiente.

Pero incluso mientras lo pensaba, comprendió que algo no estaba bien en ese silencio. Algo que impedía que fuera el silencio gentil del consuelo y el entendimiento. El silencio compartido por dos personas que habían sufrido la misma y terrible pérdida. Alannah se había apartado unos centímetros y su inmovilidad tenía algo de peligroso. Algo que irritó sus nervios como un papel de lija, y le advirtió que algo iba mal; que faltaba algo por salir a la luz.

Instintivamente, supo que tenía que ver con la razón de que ella lo hubiera invitado a subir.

–Alannah… –su voz sonó ronca y rasposa, como si hiciera días que no hablaba.

–No… –dijo ella por fin. Fue casi un gemido, un sonido de desconsuelo–. No…, no me des las gracias. Aún no. No hasta que te lo cuente todo.

–¿Todo?

El corazón de Alannah se desplomó a sus pies al percibir el cambio en la voz de Raúl, la oscura nota de sospecha que había vuelto a apoderarse de ella. Deseó poder dar marcha atrás un par de minutos, volver al momento en el que había estado tan cerca de él. Cuando él había agradecido su presencia.

–¿Qué diablos es todo? ¿Qué es lo estás intentando decirme? Obviamente, es la razón de que me subieras aquí, y aun así insistes en hacer café… ¡en hacer cualquier cosa menos decírmelo!

–Lo siento.

Fue un susurro. Había llegado el momento y su voz amenazaba con fallarle, mientras que su corazón latía con tanta fuerza que el rumor de la sangre en su cabeza apenas le permitía oírse hablar.

–Te lo diré. Necesito explicar… por qué te vi en el hospital, por qué estaba allí…

–Tu hermano –interrumpió Raúl con dureza.

–Sí, y… hay más que eso. Mucho más. Y…, oh, lo siento tanto…

Había captado toda su atención, los ojos oscuros se habían estrechado y escrutaban su rostro. Debía de ver el brillo de las lágrimas en sus ojos, y cómo se veía forzada a parpadear para evitarlas.

–¿Qué sientes? –preguntó con voz grave e intensa–. Alannah…, dímelo.

–Lo siento…

Deseó poder dejar decir eso. Estaba segura de que Raúl saltaría como un tigre sobre su presa. Pero él apretó los labios y no dijo palabra. Esperó. La oscura intensidad de su silencio hizo que a ella se le secara la garganta y tuvo que luchar para conseguir que su voz se oyera.

—Cuando dije que sabía lo de Lori... que me había enterado en el hospital, no era del todo verdad.

Oír el nombre de su hermana lo había paralizado. Si su mirada había sido fiera antes, en ese momento empezó a quemar como un rayo láser.

—¿Y cuál es la verdad?

—Que... bueno, sí me enteré en el hospital, pero eso fue porque... porque estaba allí por Chris.

—¿Tu hermano?

Raúl parecía confuso, como si le costara seguirla. Y ella no podía culparlo. Lo estaba haciendo fatal. Habría sido mucho mejor, y más compasivo, decírselo directamente.

—Estabas en el hospital por tu hermano...

—Y por Lori... —por fin consiguió decirlo—. Los llevaron juntos.

La cabeza de Raúl se movió hacia atrás bruscamente, como si lo hubieran abofeteado brutalmente. Confusión, incredulidad y sospecha se reflejaron en su rostro una tras otra; para horror de Alannah fue la sospecha la expresión que ganó la batalla.

Sintió que unas manos aferraban sus hombros con fuerza y él la alejó de sí hasta que pudo mirarla a la cara y escrutar sus ojos.

—Pero Lori sufrió un accidente de coche, murió al instante. Y tu hermano estuvo enfermo.

—No...

La palabra sonó tan baja y desgarrada que él no debía de haberla oído. Pero sí debió de captar el movimiento negativo de su cabeza, que confirmaba la palabra.

–Tú supusiste eso… y yo lo permití. Porque no me atreví a decírtelo en ese momento. Estaba allí para hacerlo. Era mi intención. Pero…

–¿Decirme *qué*? –la voz de Raúl rasgó su tartamudeante intento de explicarse–. Madre de Dios, Alannah, ¿decirme qué?

–Que Chris y Lori estaban juntos… en el mismo accidente –por fin estaba dicho. Lo había conseguido–. Iban en el mismo coche. El accidente acabó con la vida de los dos.

Él estuvo en silencio tanto tiempo que ella tuvo el disparatado pensamiento de que no la había oído. El miedo de tener que repetirlo era como una garra que le estrujase el cerebro. Acababa de obligarse a abrir la boca para hacerlo cuando Raúl habló por fin.

–No entiendo. ¿Qué diablos hacían tu hermano y mi hermana en el mismo coche? Pensé que habías dicho que vino a visitarte a ti.

Las manos que aferraban sus hombros la soltaron tan de repente que ella se tambaleó hacia atrás, agrandando el espacio que los separaba. Un vistazo al rostro de él hizo que recuperase el equilibrio.

Los pozos negros de sus ojos, la palidez de sus mejillas y el horrible tono de su piel, casi grisáceo, eran alarmantes. Alannah, conmocionada, se mordió el labio mientras lo veía intentar absorber sus palabras. Sabía cuánto había adorado a su hermana pequeña y le partía el corazón pensar en cómo debía de estar afectándolo toda la situación.

–¿No crees que estaríamos más cómodos si nos sentásemos…?

No pudo acabar la frase porque él dio un par de pasos hacia ella y rechazó la sugerencia con un brusco movimiento de cabeza, mientras una terrible mezcla de ira y dolor oscurecía sus ojos.

–¡No quiero sentarme y me importa poco estar cómodo! Quiero saber…

–Salían juntos –barbotó Alannah, desesperada por dejarlo todo dicho y acabar con la escena–. Chris y Lori eran pareja. Se conocieron una vez que ella vino a visitarme y… estaban locos el uno por el otro.

–Nunca dijo nada.

–Claro que no. Sabía cómo reaccionarías. No habrías querido que tu hermana saliera con mi hermano; admítelo, habrías odiado la idea.

La peligrosa expresión que destelló en su rostro le confirmó que tenía razón antes de que Raúl asintiera con un brusco movimiento de su morena cabeza.

–Sé… –empezó ella, pero Raúl la interrumpió con voz brutal.

–Entonces sabrás lo que siento con respecto a que viniera a visitarte. Le dije que no se pusiera en contacto contigo, que no volviera a verte nunca. Le rompiste el corazón cuando te marchaste.

Alannah notó con amargura esa distinción. Le había roto el corazón a *ella*, no a Raúl. En realidad, dudaba que Raúl tuviera un corazón que romper. Al menos por ella. Lo de su hermana Lori era algo muy distinto. Ella lo compadecía y compartía su dolor por esa pérdida.

—Y estaba *saliendo* con tu hermano. Si lo hubiera sabido...

—No podrías haberlo impedido, Raúl. Era una mujer adulta.

—¡Tenía veintiún años!

—Edad suficiente para saber lo que quería y lo que anhelaba su corazón.

Ella había tenido veintiún años cuando lo conoció. Y había sabido lo que quería su corazón: había sabido que quería pasar el resto de su vida con ese hombre. Hasta que la realidad había acabado con el velo color de rosa que le cubría los ojos.

—Su corazón... —Raúl soltó una risotada desdeñosa—. No lo amaba, no podía haberlo amado.

—¿Y por qué no? —esa vez fue Alannah la que avanzó un paso, desafiante.

—¿Por qué no podía amar a Chris? ¿Por qué te parece tan difícil creerlo? ¿Es porque no crees que se pueda querer a ningún miembro de mi familia? ¿Que porque yo te dejé ningún Redfern merece la pena? No vuelques tu propia amargura en...

—¡Amargura!

La risa de Raúl fue puro cinismo, tan áspera que ella dio un paso atrás.

—¡No te engañes, querida! No hay amargura, eso no es lo que siento. La verdad es que no siento nada, nada en absoluto. Excepto quizá un cierto alivio porque rechazaras mi propuesta de matrimonio. Odio pensar en lo que mi vida sería ahora si hubieras aceptado: un infierno en vida, supongo.

—¡Entonces los dos debemos agradecer que no haya ocurrido!

Alannah le escupió las palabras, recalcando cada sílaba con convicción.

–¡Pero no puedes culpar a Chris por mi comportamiento! Él es… era –se corrigió con dolor–, una persona muy distinta a mí. Y adoraba a Lori. Nunca le habría hecho daño, no…

El recuerdo de lo ocurrido la asaltó como una ola, secándole la garganta e impidiéndole hablar. Y el terrible brillo que lucía en los ojos de Raúl le hizo saber que él se había dado cuenta y sintió miedo y horror por lo que diría a continuación.

–¿No? –repitió él con voz letal–. ¿No qué, querida? Tu hermano nunca habría hecho daño a Lorena, ¿no…?

Dejó la frase en suspenso, obviamente esperando que ella la completara. Pero Alannah no encontraba las palabras ni la fuerza para decirlas.

–Dímelo.

Sonó como una orden, cargada con la arrogancia de todas las generaciones de aristócratas que habían conformado la dinastía de los Márquez. Era la voz de un hombre que estaba acostumbrado a ser obedecido y esperaba serlo en ese momento. A Alannah empezaron a temblarle las piernas y pensó que le fallarían las rodillas.

–Raúl, por favor… —empezó, pero él la cortó con un gesto imperioso y salvaje.

–¡Dímelo! –ordenó–. Y dime la verdad, toda; me daré cuenta si mientes.

Alannah no tenía ninguna duda al respecto. No se atrevería a mentirle, por miedo a las consecuencias si lo hacía y él lo descubría después. Tenía una impresionante habilidad para leer la verdad en su rostro y no se habría atrevido a mirarlo a los ojos. Pero no sabía cómo decirle…

–¡Conducía él!

Las palabras eran un eco tan perfecto de lo que estaba pensando, que creyó por un instante haberlas dicho ella. Después comprendió, con horror, que la verdad era peor. Raúl había visto en su expresión las palabras que no se atrevía a decir y se las había escupido a la cara con furia y mirada gélida.

–Tu hermano conducía el coche que se estrelló, ¿verdad? ¿Verdad? –gritó con brutalidad al no oír una respuesta inmediata.

–Sí… –susurró. Raúl alzó los brazos con un gesto que expresaba perfectamente la violencia de sus pensamientos. Se apartó de ella y empezó a recorrer el salón de un lado a otro, Alannah pensó que parecía un feroz tigre enjaulado, uno demasiado grande y poderoso para estar confinado en su diminuto piso.

–Raúl… –empezó. Pero él sacudió la cabeza con brusquedad.

–No le haría daño –masculló con voz airada–. Oh, no, no le haría daño… ¡simplemente la mató!

Capítulo 5

CHRIS no la mató!
Alannah intentó controlar el temblor de su voz, que casi hacía que sus palabras resultaran incomprensibles.

–El no…

–¿Estaba borracho?

–No…, no ocurrió así.

Alannah se dio cuenta de que había extendido las manos hacia Raúl, casi suplicándole que escuchara, así que las dejó caer y metió los dedos en los bolsillos de sus pantalones vaqueros, para ocultar su temblor.

–¿Cómo fue, entonces?

Al menos había dejado de andar de un lado a otro. Se había detenido en el extremo opuesto de la habitación. La distancia física que había entre ellos era pequeña, pero en la mente de Alannah se había convertido en enorme abismo insalvable que se extendía a lo ancho y hacia abajo, separándolos totalmente.

–Fue un accidente, un conductor de camión perdió el control del vehículo y se cruzó de carril, lanzándolos contra la isleta central, no fue culpa de nadie, sólo…

–Sólo un accidente –completó Raúl con voz incrédula–. Pero no fue un accidente que Lori estuviera aquí, ¿verdad? Eso ocurrió porque tu hermano y tú la convencisteis. Ella nunca habría actuado en contra de mis deseos…

—¡En contra de tus deseos!

Alannah sintió alivio porque el cambio de tema le había proporcionado algo con lo que atacar, en vez de tener que limitarse a aceptar acusaciones que no podía refutar. Eso le otorgó más firmeza a su voz, aunque deseó que no sonara tan aguda y beligerante.

—¿Realmente piensas que tenías derecho a imponerle a ella *tus deseos*? ¿Que podías interferir con su vida y decirle qué hacer? Darle órdenes…

—Quería asegurarme de que no volviera a verte. Ni a ti ni a ningún miembro de tu familia.

—¿Y por qué? Porque no fui lo bastante estúpida como para aceptar tu fría propuesta de matrimonio. ¿Es que eso me incapacita para relacionarme con un miembro de tu familia? Yo quería a Lori.

—Así que la animaste a venir aquí y visitarte, a conocer a tu hermano, y ahora por eso está muerta.

—Los dos están muertos —dijo Alannah con voz plana y carente de emoción—. Yo también he perdido a mi hermano.

—Se llevó a mi hermana con él.

Raúl sonaba como si se le atragantaran las palabras, como si se le estuviera cerrando la garganta. Abruptamente, se dio la vuelta y fue hacia la puerta.

—Raúl… —dijo ella con preocupación instintiva—. ¿Dónde… dónde vas?

—Afuera —el tono salvaje de su voz le advirtió que no se molestara en discutir.

No podía soportar estar con ella ni un momento más. Era innecesario decirlo, el rechazo silencioso que expresaba cada línea rígida de su cuerpo, la cabeza erguida y altanera, lo decían por él. Iba a marchase y, si ella era inteligente, lo permitiría.

Pero eso era algo que Alannah no podía hacer.

No podía dejar que saliera así. No cuando era obvio que se sentía tan mal como ella, peor incluso, dado que acababa de enterarse de la verdad sobre el accidente, mientras que ella había tenido dos días para aceptar la amarga realidad.

La noche era oscura y la lluvia seguía cayendo con fuerza, estrellándose contra las ventanas. No podía soportar la idea de que él estuviera allí afuera, en la oscuridad, solo, con ese estado de humor tan oscuro y desolado.

—Oh, no…

Se precipitó hacia la puerta y llegó antes que él. Giró y apoyó la espalda en la madera pintada de blanco para impedirle la salida.

Por la expresión de su rostro y la mirada furiosa que le lanzó, supo que sería capaz de pasar por encima de ella si hacía falta. Nunca le había parecido tan grande, tan fuerte y absolutamente abrumador; se le encogió el estómago al sentir algo muy parecido al pánico.

—Alannah… apártate —ladró él con voz salvaje que amenazaba con terribles repercusiones si no obedecía su orden—. Ni pienses en intentar detenerme.

La ferocidad de su expresión y de su voz la dejaron muda, pero aun así se obligó a apretar los labios, alzar la barbilla y mover la cabeza con desafiante silencio; creyó que le fallarían las rodillas cuando sus ojos se encontraron con el brillo helado de los de él.

–Quítate de mi camino…

–No lo haré, ¡no puedo!

Ese «no puedo», o quizá la desesperación que oyó en su voz, detuvieron a Raúl. Echó la cabeza hacia atrás y entrecerró los ojos hasta que se convirtieron en dos finas hendiduras. Su piel volvía a tener un horrible tinte grisáceo, y eso convenció a Alannah que hacía bien en impedirle salir. En ese estado era un peligro para sí mismo, pero siendo Raúl como era, lo negaría furiosamente si decía algo.

–¿No puedes? –cuestionó él–. ¿Qué diablos…?

–No puedo dejarte salir, no así. No puedo dejarte salir a una ciudad que no conoces en una noche como ésta… –una cortina de lágrimas le nublaba la vista, pero percibió que la postura de él cambiaba, perdiendo parte de su agresividad. Su silencio resultaba más elocuente que cualquier palabra.

–¿Eso te importaría? –dijo él finalmente. La voz se le cascó en la última palabra.

–Claro que me importaría.

–Soy un chico grande, Alannah. Puedo cuidar de mí mismo.

–Me da igual lo grande y feo que seas… No voy a dejarte salir. Has sufrido una conmoción… –bajó la voz y adoptó un tono más suave–. No estás pensando con claridad…

Raúl se dio cuenta de que hablaba con gentileza. Con la misma suavidad que antes, cuando había iluminado su oscuridad con un diminuto rayo de luz. E igual que había ocurrido entonces, esa gentileza acarició su mente y la ayudó a detenerse. El airado y doloroso torbellino de sus pensamientos dejó de girar.

Observó cómo ella se apartaba de la puerta e iba hacia él. De nuevo sintió el suave contacto de su mano.

–Quédate hasta que llegue Carlos –le dijo.

Él asintió silenciosamente.

–Gracias –le dijo ella. Raúl comprendió que, al igual que él antes, agradecía tener a alguien con quien compartir su oscuridad en ese momento.

Entonces captó el tenue aroma del perfume, suave y sutilmente herbáceo de su champú. Por debajo de ese aroma se captaba otro olor más rico, cálido, sensual e íntimo. Más femenino. Era el aroma de Alannah en sí. El olor de su cuerpo, su piel y su cabello golpeó sus sentidos hambrientos con fuerza, borrando el embotamiento de su mente y acelerando el fluir de su sangre en las venas. El impacto fue tan poderoso y primitivo que su mente se quedó en blanco.

–Gracias –repitió Alannah, acariciando su mano suavemente con el pulgar.

–De nada.

El beso de ella fue inesperado. Ligero, suave y delicado. Sólo un roce de los labios en su mejilla, sin atisbo de pasión o sensualidad. Como una pluma. Pero los sentimientos que desató distaban de ser suaves o ligeros.

Eran ardientes, necesitados y anhelantes de más.

Tras la tormenta de ira, rechazo y furia ciega contra su hermano, el conductor del camión y el destino, empezaba a crearse otra tormenta en su interior. Una de calor y fuego, de un hambre que no podía controlar. Pasó de sentirse muerto, perdido y vacío, a sentirse vital, cálido y cosquilleante de sensaciones que excitaban y despertaban sus sentidos.

Estuvo seguro de que ella debía percibirlo, notarlo en la tensión de su cuerpo, en el ritmo alterado de su respiración.

–Alannah…

El nombre sonó ronco, brusco, sensual. Acababa de descubrir que estaba cansado de quietud y silencio. Quería que prendiera la luz en medio de la oscuridad, el calor en el centro del frío.

La vida ante la muerte.

Giró la cabeza y capturó los labios de ella con los suyos. Liberó sus manos y las puso en su nuca, enredando los dedos en la suavidad de su cabello, sujetándola exactamente como quería para capturar su boca con toda la furia de la necesidad incontrolable que sentía. La sangre le latía en las sienes y ardía en su entrepierna de forma casi dolorosa. Cuando la boca de Alannah se abrió bajo la suya, una neblina roja de pasión asaltó su mente, alejando los recuerdos que no podía soportar.

Eso era lo que quería, olvidar, dejar de pensar, perderse en una reacción fiera y mecánica de sexo puro y duro. Y esa mujer siempre había sido capaz de hacerle olvidar todo excepto a ella.

Conseguía hacer que pensara sólo en ella y en los incendios de pasión que creaban juntos.

–Alannah… –repitió. Pero esa vez fue un susurro seductor que acarició sus labios–. Alannah, querida…

«Alannah, querida…», las palabras zumbaron en el interior de la cabeza de Alannah robándole el pensamiento mientras cada célula de su cuerpo se perdía en un torbellino de sensaciones que arrasaron todo atisbo de lógica y control.

Debería haber sabido que era un error acercarse así a Raúl. Debería haber previsto que sus recuerdos y su debilidad por él, la quemazón sensual que despertaba en ella con su mera existencia, la pondrían en sus manos si apartaba la invisible barrera que había intentado mantener desde el momento en que lo vio en el hospital. Allí había tenido un momento de debilidad y había llorado en sus brazos.

Pero su única necesidad había sido de consuelo y apoyo. Hasta que no se recuperó y calmó un poco, no se había dado cuenta de que otros sentimientos y sensaciones que había creído muertos sólo estaban enterrados bajo la superficie, esperando una caricia o un beso para aflorar y dejarla deseando mucho más.

Había sabido que estaba en peligro al notar esa sensación de pérdida cuando Raúl se había apartado de ella en la cocina, sin llegar a besarla. Los sentimientos de pérdida y decepción indicaban que seguía atada a ese hombre, a pesar del tiempo que habían estado separados y de su empeño de sacarlo de su cabeza y de su corazón. No quería estar atada a él en ningún sentido. No lo amaba, ¿cómo podía amar a un hombre que sólo la había visto como un cuerpo, una yegua con la que aparearse para tener los herederos que su familia y él anhelaban?

Pero no era necesario amar para desear, anhelar una caricia, un beso, ni para reaccionar de forma exagerada cuando hacía una cosa y con decepción cuando le negaba la otra.

Se había jurado mantener las distancias. Contro-

larse a sí misma y a esos sentimientos que parecía
haber sido incapaz de borrar junto con el amor que
había sentido por él en otro tiempo. Y lo habría hecho. Lo habría conseguido si no hubiera encontrado
a Raúl en el salón con esa terrible mirada de tristeza
y pérdida que había borrado el color de su rostro
mientras contemplaba la foto de su hermana pequeña. Esa hermana que había fallecido con el hermano de ella.

Habría sido inhumano no sentir pesar por él y no
ofrecerle compasión y simpatía, ayudarlo igual que
había hecho él cuando la dejó llorar entre sus brazos
en el hospital.

Su intención había sido corresponder a ese
gesto. Pero no tenía la fuerza de Raúl, ni el auto-
control y la indiferencia que lo habían mantenido
distante de ella incluso mientras la abrazaba. Ella
sólo había tenido que tocarlo para perderse en un
mundo de sensaciones en el que el sentido común y
el instinto de supervivencia no tenían lugar. Desde
el instante en que había sentido el calor de su piel
bajo los dedos, había deseado más. El aroma de su
cuerpo le resultaba familiar y al mismo tiempo
ajeno, limpio y levemente almizclado, con un toque
cítrico: intensamente personal, intensamente mas-
culino, intensamente Raúl.

La cólera que lo había atenazado cuando oyó la
verdad había nublado ese sentimiento. Nublado sin
destruirlo. Había bastado con acercarse a él de
nuevo para despertarlo otra vez.

Se dijo que el beso era un gesto de consuelo y
simpatía, nada más, pero en el fondo de su alma sabía que sólo intentaba engañarse. La verdad era que

habría podido intentar luchar contra él, contra esa sensual atracción física y la forma en que su cuerpo parecía llamarla, pero no podía luchar contra sí misma. El beso podía haberse iniciado como un beso compasivo, pero en el momento en que sus labios habían rozado su piel, notado su calidez y percibido su sabor levemente salado, había sabido que estaba perdida.

Todos y cada uno de los momentos de pérdida, anhelo y necesidad que había sentido respecto a ese hombre asaltaron su mente como una enorme ola que se llevó cualquier pensamiento racional y sólo dejó en su estela un remolino de deseo.

Lo último que oyó fue ese gemido hambriento de su nombre justo antes de que la boca de él atrapara la suya. A partir de ese momento el mundo y todo lo que contenía se perdió en la niebla roja que ocupaba su mente. Cerró los ojos mientras él le abría los labios hasta que sus lenguas se encontraron. Tal era la fuerza del beso que ella se tambaleó, y habría caído si él no la hubiera rodeado con sus brazos sujetándola con fuerza y apretándola contra su poderoso cuerpo.

–R-Raúl… –gimió su nombre necesitada, suplicante, hambrienta de él.

Notó que él sonreía contra su boca. Sentía sus manos grandes y calientes en la espalda, quemándole la piel a través de la camiseta, mientras la besaba otra vez.

–Eres preciosa –murmuró contra su mejilla–. Preciosa.

Sus manos no dejaban de moverse, trazando dibujos eróticos en su espalda, introduciéndose bajo su camiseta en la cintura y abrasándole la piel de tal modo que ella se arqueó como una gata. Su boca era un puro tormento, su lengua seda contra sus labios. Era incapaz de pensar.

Quería… deseaba… anhelaba.

Necesitaba más.

Siempre había querido más. Había sido Raúl quien se retraía; Raúl quien decía que debían esperar. Siendo el orgulloso aristócrata español que era, quería que llegara a su cama nupcial intacta. Había querido saber con certeza que era el único hombre en su vida, que había desposado a una virgen que sería la madre de sus hijos.

Ese recuerdo fue lo bastante amargo como para rasgar en dos la niebla que llenaba su mente.

—No…

De alguna manera consiguió emitir esa sílaba. De alguna manera obligó a su traicionero cuerpo a apartarse de él, a huir de sus besos y sus caricias. Sólo consiguió apartarse unos pasos antes de chocar con uno de los sillones y tener que detenerse, no tan lejos de él como habría deseado.

—No… —lo intentó de nuevo pero sin mucha más convicción que la vez anterior. Todos sus sentidos clamaban protestando contra la crueldad que les imponía. Cada uno de sus nervios exigía la satisfacción que les negaba.

—¿No?

Ella se estremeció al oír cómo repetía Raúl esa única palabra. Lo hizo con un deje de escepticismo que cuestionaba la negativa, una nota incrédula que dejaba muy claro que no la creía; pero sobre todo se oía la rudeza de su deseo, un deseo que ella había frustrado al alejarse. Y lo terrible era que ese deseo, oscuro e inquietante, tan peligroso, era el mismo que corría por sus venas y la incitaba a rendirse a él.

Pero no se rendiría. No podía hacerlo.

—Esto no va a ocurrir. Esto no es lo que quiero.

—¿No es lo que quieres? —su voz la rasgó con su brutal cinismo—. Perdóname si no te creo. Dudo que sepas lo que quieres.

—¡Claro que lo sé! —Alannah movió la cabeza de lado a lado con violencia, pero se detuvo al comprender que el gesto contradecía sus palabras—. Lo sé.

—¿Entonces qué? —gruñó él, la voz cargada de frustración—. ¿Qué diablos quieres?

—Quiero… quiero…

Desesperadamente, se aferró a lo único que le pasó por la mente. El recuerdo de la conversación anterior. La razón por la que lo había invitado a subir.

—Quiero que perdones a mi hermano. Quiero que admitas que Lorena y él se querían y… y…

Había sido el pánico, la necesidad de decir algo lo que le hizo hablar sin pensarlo antes. Pero al ver su rostro, ver cómo la furia hacía que sus ojos se volvieran opacos y cómo la ira marcaba unas líneas alrededor de su nariz y su boca, desfalleció, notó que le faltaban las palabras para seguir.

—Y… —apuntó Raúl con voz gélida.

—Y yo… nosotros…, nos gustaría enterrarlos juntos. Nos gustaría que nos dieras permiso para enterrar a Chris y a Lorena en la misma tumba para que ellos puedan estar…

Juntos.

La palabra sonó en el interior de su cabeza, pero carecía de fuerzas para decirla. No habría sido capaz de decir una palabra más aunque le fuera la vida en ello. Y en el silencio que siguió, tuvo la sensación de que una ventana se había abierto por la fuerza del viento y dejaba entrar el frío y la humedad de afuera, hasta el punto que empezó a tiritar como si la temperatura hubiera descendido a bajo cero a su alrededor.

—Quieres que perdone a tu hermano…

El tono de Raúl era tan sereno, tan carente de emoción, que Alannah parpadeó al oírlo, confusa. Se preguntó si era posible que fuera a ser razonable al respecto. Le era imposible interpretar su expresión y sus ojos entornados ocultaban lo que sentía.

—Y quieres que deje a mi hermana aquí… ¿y has pensado que seducirme era la manera de ablandarme para que accediera a tus deseos?

—¿Seducirte? —gimió Alannah con incredulidad—. Pero yo no… ¡no lo he hecho! ¿Cómo has podido pensar eso?

Un intenso zumbido interrumpió su atónita protesta, sobresaltándola y llevándola a mirar a su alrededor, buscando el origen del sonido.

Raúl, en cambio, reaccionó de inmediato, sacando el móvil del bolsillo de su chaqueta. Se sentó en el brazo del sofá, pulsó una tecla y habló.

—¿Sí? Carlos…

Carlos. Claro.

Alannah se tensó al comprender quién llamaba. Un vistazo al reloj de pared confirmó sus sospechas. Los treinta minutos estipulados por Raúl habían llegado a su fin y su chófer había ido a recogerlo puntualmente, tal y como le había ordenado.

Se preguntó si Raúl se marcharía, ateniéndose a su plan. El corazón le dio un vuelco al pensarlo y se puso aún más tensa. No sabía si quería que se fuera o que se quedara. Era incapaz de darse una respuesta clara.

–Un momento… –dijo Raúl. Con el teléfono aún pegado al oído, echó un vistazo al rostro airado de Alannah. La observó un momento con los ojos entrecerrados, evaluándola con frialdad, después, con una inclinación de cabeza, brusca y satisfecha, volvió a hablar.

–Sí –dijo. Alannah estuvo segura de que hablaba en inglés para que ella no tuviera otra opción que entender lo que decía–. Sí, he terminado, estoy más que listo para marcharme. Bajaré en un minuto.

Se iba. Iba a marcharse y nada lo detendría; su tono, su expresión y el brillo frío de sus ojos lo dejaban muy claro. Iba a marcharse y… No pudo llegar más lejos en su pensamiento. Raúl colgó el teléfono y sin dejar de mirarla a la cara lo dejó caer en el bolsillo de su chaqueta. Luego se levantó lentamente, se alisó los pantalones y sacudió una pelusa, una pelusa imaginaria a juicio de Alannah, de la solapa de la chaqueta.

–Mi chófer espera –dijo. Alannah dejó escapar un leve gritito porque fue como si el hielo de su voz fuera real y le golpeara en la cara–. Ya es hora de que me vaya.

–Pero… –Alannah no podía dejarlo marchar sin recibir una respuesta, aunque en el fondo de su corazón sabía cuál sería y la mirada de esos ojos color oro viejo confirmaba su sospecha.

–La respuesta es no, señorita Redfern…

Ella dio un respingo, herida por la rígida formalidad con la que utilizaba su nombre.

—De ningún modo dejaré a mi hermana aquí para que sea enterrada con el hombre que la mató.

—Pero él no... —volvió a intentar Alannah. Raúl ignoró la interrupción y siguió hablando.

—Mi familia y la tuya nunca deberían haber tenido ningún contacto, tendríamos que habernos mantenido en extremos opuestos de la tierra.

—¿Por qué? ¿Mi ordinaria familia no es lo bastante buena para mezclarse con la poderosa y elevada dinastía de los Márquez?

A Alannah había dejado de importarle lo que decía y cómo sonaba. Sólo quería atacar, herirlo como él la hería. Hacerle sangrar por dentro, tal y como sangraba ella. Ya no sabía, ni le importaba, si se le estaba partiendo el corazón por ella, por su hermano o por Lorena. Sólo que tenía que gritar su agonía para no derrumbarse del todo.

—Pues te diré algo: ojalá no nos hubiéramos conocido. Es lo peor que me ha ocurrido nunca, el peor día de mi vida fue el día en que tú entraste en ella —continuó. Pero si había creído que ese ataque lo haría reaccionar, sufrió una amarga decepción.

Había esperado ira y sólo vio frialdad, en vez de suscitar emoción, la respuesta de él fue una terrible y helada quietud mientras la miraba con desdén.

—El sentimiento es mutuo —afirmó él—. Te aseguro que siento exactamente lo mismo. Desearía no haberte conocido, no haber puesto nunca los ojos en ti...

—Nunca... —Alannah intentó decir más, pero tuvo que abrir y cerrar la boca dos veces porque no podía emitir sonido alguno. Raúl se limitó a observarla con los puños cerrados y apretados contra las caderas.

–Desearías no haberme conocido –consiguió decir por fin–. Entonces, ¿por qué querías casarte conmigo?

Se preguntó por qué no podía parar, por qué seguía pinchándolo, atacándolo para que se defendiera con algo que le haría aún más daño.

Eso fue exactamente lo que ocurrió.

–Ya lo sabes. Necesitaba un heredero.

Era verdad que ella lo sabía. Pero nunca había esperado que él se atreviera a decirlo claramente.

Titubeó un momento y los ojos dorados captaron el leve destello de inquietud en su rostro, la forma en que se había encogido al oír sus palabras.

–Vamos, Alannah –se burló con crueldad–. ¿No habrás pensado que iba a decir que te amaba? No te habría gustado oír eso.

Esa vez ella no tuvo problemas para encontrar palabras ni voz para lanzárselas a la cara.

–¡Tienes mucha razón! No me habría gustado. No habría deseado eso de ti, me habría asqueado y repelido, además dudo mucho que sepas lo que es el amor. Desde luego, no es un sentimiento que hayas experimentado por ninguna mujer, ni siquiera por una a quien le pediste matrimonio.

–En eso he de estar de acuerdo contigo –Raúl se irguió e hizo una leve inclinación con la cabeza–. El amor es una base muy poco fiable cuando se trata de elegir esposa.

–Claro, tú le das más importancia a que ningún hombre se haya acostado con ella que a esos sentimientos tan variables.

–Eso tampoco duró mucho, ¿verdad? –se mofó Raúl–. En cuanto te pedí que te casaras conmigo, comprendiste que no estabas hecha para una relación monógama y saliste en busca de lo que te habías estado perdiendo.

–¡Al menos conseguí perderte de vista a ti! –alzó la cabeza, pasó junto a él y abrió la puerta de la calle con tanta fuerza que chocó con la pared de al lado–. Ahora preferiría que te marcharas. Tu chófer espera. Y esta vez te agradecería que te mantuvieras alejado… para siempre.

–No te preocupes –Raúl fue hacia la puerta con tanta rapidez que habría resultado insultante si ella pudiera sentirse aún más insultada–. Dudo que quiera volver. Hará frío en el infierno antes de que desee verte a ti o a alguien de tu familia.

–Eso me alegra –le dijo Alannah mientras salía–. Créeme, si estuviera obligada a verte de nuevo, sabría que estaba en ese infierno del que hablas.

Cerró la puerta de un portazo y el eco reverberó por todo el piso mientras se apoyaba en la pared, temblando como una hoja por efecto de la tormenta emocional que la había atenazado tan largo rato.

Capítulo 6

RAÚL metió la última prenda en la maleta que había sobre la cama y la cerró. Corrió la cremallera con un gesto brusco, la bajó de la cama, la llevó a la salita adyacente y la puso junto a la puerta, lista para que el botones la recogiera. Una hora después estaría lejos de allí.

Cuanto antes, mejor. Había sabido desde el principio que el viaje a Inglaterra iba a ser un infierno, pero no había imaginado hasta qué punto. Aceptar la terrible noticia de la muerte de Lori, ocuparse de las formalidades y organizar su funeral ya había sido lo bastante terrible. Pero a eso había tenido que añadir la tortura que había supuesto la reunión con Alannah, descubrir que había sido su hermano quien…

—No…

Dio una patada al lateral de la maleta, mientras su mente intentaba no pensar en el accidente que había matado a su hermana. Los cuatro días pasados desde que recibió la noticia no habían conseguido limar las aristas del dolor que sentía, y la noticia que había recibido esa mañana había removido aún más su angustia.

Se frotó los ojos ardientes con las palmas de las manos, deseando poder borrar con el gesto el recuerdo de esos últimos días. Había pensado que las cosas no podían empeorar, pero el destino se había guardado una última carta, una última puñalada que hacía que la pérdida de su hermana resultara aún más insoportable.

Lo malo era que, si no pensaba en Lorena, su mente seguía otro rumbo que no resultaba más cómodo.

La imagen del esbelto cuerpo de Alannah Redfern, de su impresionante rostro y del verde esmeralda de esos ojos almendrados invadía su mente en cuanto bajaba la guardia. Lo distraía del trabajo, calentaba su sangre y lo excitaba en segundos.

Aún sentía el impacto brutal del golpe que había sentido al comprender por qué lo había besado y por qué había respondido a él con esa dulzura que él había creído, al menos un momento, real. La desilusión lo había invadido con rapidez y había sido reemplazada por una cólera salvaje. Si antes había creído odiarla, el sentimiento palidecía en comparación con lo que sentía en ese momento. Había tenido que salir de su piso antes de que la ira lo llevara a hacer una locura. Desde ese momento, había dirigido esa furia hacia sí mismo y a su incapacidad de olvidar.

Por la noche, imágenes de ella lo desvelaban y cuando por fin conseguía dormir, veía su cuerpo desnudo abriéndose a él, invadiendo sus sueños con fantasías eróticas tan reales que a veces habría jurado que ella estaba en su cama. Se despertaba en la oscuridad, entre sábanas revueltas, con la piel cubierta de sudor y el recuerdo del sabor de su boca en la lengua, el aroma de su piel en la nariz era un tormento sensual que lo hacía pasear por la habitación en mitad de la noche, o asaltar el minibar en busca de algo lo bastante fuerte para hacerle dormir.

Nunca funcionaba y después de dos largas noches en vela y dos fríos días cargados de dolor se sentía como un perro malhumorado, gruñón y listo para morder.

La última gota había sido descubrir que había perdido el teléfono móvil. No se había dado cuenta hasta que su padre lo llamó al hotel, desesperado por saber qué estaba ocurriendo. Desde entonces había puesto la habitación patas arriba, vaciado cada cajón y comprobado cada bolsillo sin encontrarlo. Había comprendido dónde debía de estar mientras hacía el equipaje.

Había tenido el teléfono en la mano en el piso de Alannah. Le había dicho a Carlos que bajaría en seguida y…

Una ristra de blasfemias había escapado de sus labios y se había mesado el cabello con desesperación al recordar que había cerrado el teléfono y lo había dejado caer, supuestamente, en el bolsillo de su chaqueta. Había estado tan concentrado en controlar su temperamento que debía de haberlo dejado caer en los cojines del sillón. Y había salido de allí tan furioso que no se había dado cuenta. Casi podía visualizarlo, entre los dos cojines, silencioso y oculto.

Maldijo al pensar que tendría que enviar a Carlos a recogerlo. Iba hacia el teléfono que había sobre el escritorio cuando llamaron a la puerta. Debía de ser el botones, que iba a recoger su equipaje.

—¡Un momento!

Comprobó que tenía dinero suelto para darle una propina, fue hacia la puerta, abrió y se quedó asombrado al ver quién era. La persona que invadía su mente con indeseados recuerdos sensuales. La persona a la que había intentado olvidar sin éxito.

–¡Alannah!

Era como si hubiera conjurado su presencia. Como si pensar en ella la hubiera llevado al umbral de su puerta, pasando de ser una presencia en sus sueños a un ente real.

Y la realidad superaba a sus sueños con creces.

El pelo caía suelto y ondulado alrededor de su rostro, la pálida piel estaba sin maquillar, exceptuando un ligero toque de mascara que oscurecía sus finas pestañas y un toque de brillo en los labios que daba la impresión de que acababa de humedecerlos con la lengua. Llevaba un vestido verde pálido, con una falda que caía ondulante hacia sus esbeltas pantorrillas, con innumerables botones en la pechera. Se le secó la boca sólo con verlos. La imagen del deleite sensual que sería desabrochar cada uno de ellos asaltó su cabeza y tuvo que luchar consigo mismo para no comportarse como un adolescente embobado, incapaz de controlar sus hormonas sexuales.

–Vengo a traerte esto…

Su voz sonó rígida y los ojos verde musgo no se encontraron con los suyos, sino que enfocaron un punto por encima de su hombro. Alzó la mano. En el centro de la palma estaba el teléfono móvil.

–Te lo dejaste en mi piso.

–Gracias –la voz de él también sonó áspera y ronca, como si tuviera la garganta irritada. El movimiento del brazo de Alannah había agitado el aire, llevándole el aroma de su cuerpo, una combinación de piel femenina limpia y suave perfume floral que asaltó sus sentidos como un ataque físico. Casi le arrancó el teléfono, sabiendo que sentir el contacto de su cálida piel bajo las yemas de los dedos sería como prender fuego a una astilla seca y lo haría estallar en llamas.

—Lo encontré al lado del sillón. Debe de habérsete caído cuando…

Un leve rubor tiñó sus mejillas mientras su voz se apagaba y él supo que estaba recordando exactamente por qué se le había caído el teléfono.

—Me estaba preguntando por su paradero.

Se preguntó si realmente sonaba tan rígido y forzado como le parecía. No conseguía hablar de forma normal. Era como si la lengua se le hubiera hinchado y endurecido dentro de la boca.

O tal vez se debiera a que tenía los ojos fijos en la suavidad carnosa de su boca mientras recordaba su tacto y el sabor de sus labios. La manera en que la había besado y la encendida respuesta del cuerpo de ella. Esa respuesta encendida y calculada.

—Acababa de comprender que debía de estar en tu casa y estaba a punto de enviar a Carlos a recogerlo.

—Bueno, pues ya está aquí.

La respuesta de Alannah sonó grave y plana. Volvía a ser la criatura desvaída que había visto en el hospital el día de su llegada a Inglaterra. No había ni rastro de la seductora sirena a la que había besado; menos aún de la gata salvaje y erizada que lo había echado de su piso con cajas destempladas. Lo sorprendió descubrir que a quien más echaba de menos era a esa gata.

Raúl sintió el pinchazo de la voz de su conciencia, casi pudo oír a su madre preguntándole dónde había dejado sus modales. Era ridículo estar teniendo esa rígida y tensa conversación en la puerta, con ella en el pasillo. Aunque era una suite privada, en cualquier momento podía llegar alguien, un miembro del personal del hotel, o el botones a recoger su equipaje.

Dio un paso atrás y abrió la puerta del todo.

—Perdona, ¿quieres entrar?

La mirada que recibió fue como otro bofetón para su conciencia. El breve destello de los ojos verdes sólo consiguió que su rostro pareciera aún más pálido, enfatizando las profundas ojeras.

—Pareces a punto de caerte redonda. Entra y siéntate un momento.

—No creo…

Él pensaba que estaba siendo perfectamente cortés, que incluso había añadido a su voz un deje de preocupación, pero por la expresión de ella igual podía haber sugerido que se cortara el cuello. Tensó la mandíbula involuntariamente.

—Soy capaz de ser perfectamente civilizado…

Al ver que seguía titubeando, alzó las manos con exasperación y entró en la habitación, dejando la puerta abierta a su espalda. Que decidiera ella.

—Gracias.

Para su sorpresa, vio que lo había seguido, atravesando el umbral como un gato desconfiado que se adentrase en territorio desconocido. Mientras la observaba, supo que había mentido.

Había dicho que era capaz de ser civilizado, habría estado dispuesto a jurarlo si fuera necesario.

Pero esa mujer no le hacía sentirse civilizado. El mero sonido de su voz le aceleraba el pulso y le sugería la imagen de una cama enorme con suaves almohadas, sábanas limpias y Alannah, cálida y acogedora, a su lado. El aroma de su piel lo atenazaba y hacía que la sangre se concentrara, ardiente entre sus piernas. Se obligó a forzar una sonrisa para disimular.

–Le pediré a Carlos que te lleve de vuelta. Es lo menos que puedo hacer para darte las gracias. ¿Por qué no te sientas?

Señaló el enorme sofá de cuero que había en el centro de la sala. Alannah siguió su mano con la vista, pero movió la cabeza en silencio.

–¿No es éste el momento en el que debería ofrecerte un café? –preguntó él. Lo alegró ver que la rigidez de su rostro daba paso a una sonrisa genuina.

–Si lo hicieras, ¿crees que llegaríamos a beberlo? No hemos tenido mucha suerte en eso hasta ahora.

Se preguntó si ella sabía lo que significaba para él ver sus ojos iluminarse así, siquiera un momento. Ver esa deliciosa boca curvarse con calidez. Podía decirse una y mil veces que odiaba a esa mujer, que detestaba la forma en la que lo había tratado y odiaba a toda su familia por la destrucción que su hermano había provocado para la suya, pero la verdad era mucho más complicada. Era adicto a ella y lo que había sentido los últimos días podía compararse a un síndrome de abstinencia.

Había necesitado su dosis de Alannah y los síntomas habían empezado a disminuir en cuanto ella había aparecido en el umbral. Sabía que lo que le curaría de verdad sería rendirse a las exigencias de su adicto cuerpo, que clamaba para que la tomara entre sus brazos, la besara y la llevase a la cama.

Pero tal vez rendirse a su deseo sexual lo empeoraría, puesto que experimentaría, en vez de imaginar, el placer que sabía que le esperaba en su fantástico cuerpo.

—De acuerdo, no tomaremos café.

Ella ya no lo miraba. Observaba la maleta que había junto a la puerta como si ejerciera una fascinación especial para ella.

—Te marchas.

—Dentro de una hora.

Alannah no supo qué sentía al respecto. La había asombrado y confundido la súbita punzada de dolor que sintió al ver la maleta. Se preguntó si se debía a que él iba a marcharse, o a que, si no hubiera decidido ir al hotel justo entonces, no habría vuelto a verlo. Él se habría ido y ella ni siquiera se habría enterado. ¿Le importaba eso realmente?

No podía engañarse. Sí le importaba. Siempre le había importado. Aunque hubiera intentado dejar de amarlo, hubiera rezado durante dos años para olvidar sus sentimientos, en el momento en que había vuelto a entrar en su vida, se había perdido de nuevo. Ésa era la razón de que estuviera allí, a pesar de que se había dicho, y le había dicho a él, que no quería verlo nunca más.

Ella había saltado ante la oportunidad que representaba ir a devolverle el maldito teléfono. Raúl, en cambio, había estado «a punto de enviar a Carlos a recogerlo». Igual que iba a pedirle a Carlos que la llevara de vuelta a casa. Él había querido el teléfono, no la oportunidad de verla de nuevo. Había hecho el equipaje y estaba a punto de regresar a España, iba a salir de su vida sin decirle una palabra. Si ella tuviera sentido común, saldría de allí inmediatamente.

Si tuviera sentido común, no habría entrado.

En realidad no sabía por qué había aceptado la invitación. Había sabido que entrar allí era como entrar en la guarida del león, casi como meter la cabeza en las fauces del animal y pedirle que mordiera. Pero había visto algo en su rostro que le imposibilitó actuar con sensatez. Parecía cansado, perdido, sólo y extrañamente vulnerable. Había sido incapaz de marcharse sin más.

Pero en ese momento tuvo que preguntarse si había estado imaginándose cosas. Tal vez había visto en su rostro lo que quería ver, engañándose.

—Ya no hay nada por lo que quedarme aquí. Todo está hecho…

Alannah agradeció que Raúl estuviera concentrado en el teléfono. Lo había encendido y comprobaba las llamadas perdidas, así que no vio cómo cambiaba su expresión al oír ese «no hay nada por lo que quedarme». Tuvo un momento para recuperarse, dejar de lado esa debilidad e imprimir un tono ligero a su voz.

—¿Has perdido alguna llamada importante?

—La mayoría son de mi padre –Raúl siguió mirando los números–. Quiere un informe de todo minuto a minuto.

—Esto debe de ser muy duro para él.

Alannah pensó en el estado de desesperación en que estaba sumida su madre, incapaz de creer que su adorado hijo se hubiera ido para siempre. No había comido nada desde el accidente y esa mañana había declarado que no tenía nada por lo que vivir, que no veía razón para seguir adelante.

–Ha perdido a su hija.

–Ha perdido más que eso –la voz de Raúl sonó áspera, y ella vio que había dejado de mirar el teléfono y sus ojos color bronce la miraban directamente.

Ojos bronce muy fríos.

–¿Qué ocurre?

–¿No lo sabes? –lo dijo como si estuviera convencido de que ella sólo simulaba no saberlo.

–¿Saber qué?

Se había engañado al pensar que él parecía vulnerable, incluso *perdido*. En ese momento no había nada de perdido en él y su rostro tenía unos rasgos tan duros que no se veía ni una grieta en su armadura personal. Estaba enfadado, frío y cerrado a ella, y no sabía por qué. El hombre que la había invitado a entrar, que había bromeado sobre hacerle café, había desaparecido por completo, y eso fue como una brutal puñalada para su corazón. Durante un instante había vislumbrado al otro Raúl, al hombre que ella había creído que era. El hombre al que había entregado su corazón.

Se preguntó si ese hombre había existido alguna vez o si ese hombre era un producto de su imaginación y el Raúl real era ese monstruo colérico de ojos fríos y boca amarga que tenía ante sí. El que él no le había dejado ver hasta que ya era demasiado tarde.

–Dímelo –le pidió–. Raúl, dime…

–¿Insistes en no saberlo? ¿Hay algo que tu preciado hermano no te dijo? ¿Un secreto que no compartió contigo?

—Debe de haberlo, o no estaría preguntando. Raúl, ¿de qué estás hablando?

—Del bebé.

Le lanzó las palabras como balas, rápidas duras y letales, mientras dejaba el teléfono en la mesa con un golpe.

—¿Sabías lo del bebé?

—¿Qué bebé? ¿El bebé de quién? ¿Estás diciendo…? —calló de repente al comprender y se llevó la mano a la boca, horrorizada. El fiero y silencioso movimiento de cabeza de Raúl confirmó su sospecha, pero tenía que asegurarse.

—¿Lori estaba embarazada?

Él asintió de nuevo con frialdad, y eso la aterró más que si hubiera perdido los nervios y le hubiera gritado. El control que se estaba imponiendo para seguir en silencio tras el violento gesto que había hecho con el teléfono expresaba cómo se sentía mejor que cualquier palabra.

—¿Pero cómo…?

Un ardiente destello de sus ojos le indicó lo estúpida que consideraba la pregunta. Era obvio que no debería haber preguntado. Sólo había una persona que pudiera haber dejado embarazada a Lorena.

—Chris… ¿de cuánto tiempo estaba?

—Casi dos meses, me han dicho.

—No lo sabía.

Una vez más los ojos destellaron, advirtiéndole que no la creía.

—¡No lo sabía!

Siguió un largo y terrible silencio que tensó los

nervios de Alannah al máximo. Por fin, cuando había perdido toda esperanza, Raúl asintió lentamente.

–No, no creo que lo supieras. Me lo habrías dicho cuando... cuando me contaste lo demás.

–Sí lo habría hecho –dijo Alannah con voz suave–. Si te sirve de algo, creo que estaba planeando decírtelo... o al menos a tu padre, muy pronto. Dijeron que tenían un secreto pero que yo tendría que esperar para enterarme.

Ella había creído que iban a comprometerse. Y seguramente también era verdad. Las lágrimas le quemaron los ojos como ácido pero, sorprendentemente, no se derramaron. Por primera vez en muchos días se sentía incapaz de llorar más.

–Sospecho que mi madre debía de saberlo.

Eso explicaba por qué su madre había reaccionado tan mal a la noticia de la muerte de Chris. Y entendía por qué Helena no había dejado de farfullar que no sólo había perdido a su hijo, sino también su futuro. En ese momento no le había encontrado sentido.

–Explicaría por qué está tan absolutamente desolada. Si no sólo ha perdido a mi hermano, sino también su sueño de un nieto, no me extraña que esté tan mal. Es imposible hacerla reaccionar. Debieron decírselo antes de salir de casa.

–Yo en cambio, aún tengo que decírselo a mi padre. Tengo que decirle que tu hermano al morir no sólo se llevó a su hija, sino también a lo que mi padre deseaba más en el mundo: un nieto que acunar en sus brazos.

La aspereza de su voz le indicó lo difícil que iba a ser eso para Raúl.

Dejándose llevar por un impulso, fue hacia el minibar, encontró una botellita de coñac y sirvió la mitad en una copa. Sin decir una palabra se la entregó a Raúl y lo observó bebérsela de un trago. Se le tensó el estómago al ver cómo su garganta se tensaba al tragar.

–Gracias.

Ella había reaccionado así por comprensión. Sabía por lo que estaba pasando él, ya que ella misma lo había sufrido. Entendía la razón de sus ojeras y del tono grisáceo de su piel. Y sabía cómo debía de odiar la idea de dar la noticia a su padre. Matías Márquez ya tenía cuarenta años cuando nació su hijo y diez más cuando Lorena llegó al mundo. Había tenido problemas de salud durante los últimos años y la tragedia debía de haberlo afectado mucho.

–¿Sigue tu padre con problemas de salud?

Raúl asintió lentamente.

–Tuvo otro infarto justo antes de Navidades. Tiene un aspecto tan frágil que da la impresión de que un golpe de viento podría llevárselo.

–Habrá más nietos.

–¿Míos?

La palabra sonó teñida de amargura y los ojos dorados la quemaron con una acusación no explícita. No dijo que los nietos que había esperado darle a su padre eran los que había planeado tener con ella, la única razón por la que le había pedido que se casara con él. Pero las palabras flotaban en el aire como letras de hielo que se interponían entre ellos.

–Dudo que me case… lo sugerí una vez y decidí

que no era para mí. No volveré a meter la cabeza en ese cepo.

La miró de reojo y ella supo que pensaba en el matrimonio que no había tenido lugar entre ellos. No por primera vez, dio gracias al cielo por no haberle confesado que conocía la razón real de su propuesta.

—Mi padre sabía que, si quería herederos, dependía de mi hermana. Al menos si quería tener nietos mientras le quedaran fuerzas para sujetarlos en brazos. Si yo tuviera hijos, ¿llegarían a tiempo?

—Rezaré para que así sea.

Sin pensarlo, estiró la mano y la puso en el fuerte antebrazo de Raúl. Se había arremangado la camisa y se veía su piel morena salpicada de vello oscuro. Tenía la piel caliente y suave y notar sus músculos bajo los dedos le provocó una especia de descarga eléctrica que recorrió todo su cuerpo.

Vio que él se tensaba levemente y miraba los dedos que había sobre su brazo y luego a ella.

—Alannah… —dijo con voz suave y grave. Dejó la copa de coñac en la mesa sin desviar la mirada.

Una súbita quietud pareció congelar el aire y paralizar sus pulmones. Alannah dejó de respirar y el ritmo de su corazón descendió hasta convertirse en algo imperceptible. Era como si el mundo hubiera dejado de existir y sólo Raúl y ella fueran reales.

Los bellos ojos habían perdido su ardiente intensidad para convertirse en profundas lagunas de oro velado. Cuando alzó la mano y la puso sobre la de ella, fue como si ocurriera a cámara lenta. Igual que cuando bajó la cabeza, ladeándola de modo que su boca buscara la de ella.

Alannah respondió sin pensarlo, alzando el rostro hacia él, entreabriendo los labios y esperando su beso.

—Alannah —repitió él. Su cálido aliento la besó antes de que lo hicieran sus labios.

Capítulo 7

SUS labios se encontraron con una suavidad totalmente inesperada. Tras la pasión ardorosa del beso en su piso, esa ternura la envolvió en un cálido mar de sensaciones que casi le robó el alma.

Le daba vueltas la cabeza y alzó las manos para buscar apoyo en los brazos de él. Ése fue su primer error. Sentir su fuerza bajo los dedos fue tanto una delicia como un peligro. Una delicia porque deseó tocarlo más, agarrarlo con más fuerza, y un peligro por esas mismas razones. Debería separarse, y rápido, pero sus pensamientos parecían haberse ralentizado junto con su respiración, y su cerebro era incapaz de enviar órdenes a su cuerpo. En vez de eso, parecía desear apretarlo, acurrucarlo contra el intenso y vital calor de ese hombre…

Y ése fue su segundo error.

Porque en cuanto se abrazó a él fue como si la calidez de su cuerpo le traspasara la piel. Se filtró en su sangre, derritiendo sus músculos, sus huesos. Cuando se tambaleó, él la rodeó con los brazos, sujetándola. Estaba tan cerca de él como había deseado, pero un segundo después ni siquiera eso le pareció bastante.

Su beso no era suficiente.

Rodeó su cuello con las manos, acariciando la suavidad de su pelo, rozando la piel de su nuca y masajeando los músculos tensos que encontró allí. Y mientras lo hacía tiraba de su cabeza hacia ella, necesitando que la presión de su boca fuera más intensa… *más*.

Él besaba sus labios entreabiertos con una destreza que la llevaba a suspirar de placer, y acariciaba la parte interior de su boca con la lengua, probándola, incitándola y seduciéndola.

Si se ponía de puntillas, podría incrementar la presión de su boca en la de ella, acallar el cosquilleo de sus nervios. Manteniendo una mano en su cabeza, para inmovilizarlo, deslizó la otra por su mejilla, sintiendo el leve roce de un principio de barba bajo las yemas de los dedos mientras dibujaba la curva de su mentón. Captó el siseo de Raúl y sonrió contra su boca mientras volvía a besarlo y sus dedos descendían hasta introducirse por la abertura del cuello de su camisa, trazando círculos diminutos en el vello que encontraron sus dedos sobre la ardiente piel.

—Alannah… —repitió Raúl, pero esa vez su nombre fue como un gruñido de respuesta contra sus labios.

—¿Mmm? —suspiró Alannah, acercándose aún más, apretándose contra él y notando cómo el latido de su corazón se aceleraba bajo sus dedos.

—¡Dios! ¡Diablo de mujer! —masculló él contra su boca. Las manos que la habían sujetado empezaron a recorrer su cuerpo con ansia, poderosos dedos se curvaron sobre su trasero, acercándola más hacia su potente erección.

–Sólo tuve que mirarte una vez para desearte más que a ninguna mujer en el mundo. Sigo haciéndolo.

–Yo también… yo también te deseo.

Alannah se asombró cuando esas palabras saltaron por encima de sus defensas. Incluso cuando habían estado juntos, nunca había tenido el valor ni la osadía de admitir su necesidad sexual por ese hombre. La había sentido, por supuesto. Y había demostrado, en silencio, con reacciones físicas a sus besos y caricias cuánto lo deseaba. Pero nunca había llegado a expresarlo verbalmente.

Suponía que dos largos años de soledad, de echarle de menos, de anhelar su contacto, sus besos, la habían conducido a un estado de inanición sensual, que le había robado la fuerza para controlar lo que decía su lengua. Los besos de Raúl habían dado al traste con la poca resistencia que le quedaba.

Los besos de Raúl y la básica y simple necesidad de consuelo humano tras la pérdida y el dolor que había sufrido tan recientemente. La vida era demasiado corta, demasiado precaria para vivirla a medias. Agradecía el calor de su respuesta a Raúl, era una forma de derretir el hielo que se había formado alrededor de su corazón, alejándola del mundo y de cualquier sentimiento.

Al menos, era una prueba fehaciente de que seguía viva, y sintiendo.

–¿Me deseas?

Su afirmación también había sorprendido a Raúl. Echó la cabeza hacia atrás y estrechó los ojos hasta que ella sólo pudo ver una fina hendidura de oro reluciente entre espesas pestañas negras.

–¿Lo dices de verdad?

Ella perdió parte de su recién adquirido coraje bajo la intensidad de su escrutinio. Sintió que el rubor teñía sus mejillas y se le secaba la boca, así que se limitó a asentir en silencio. Deseaba mirar a cualquier parte menos a sus ojos, no se sentía capaz de encontrarse con ellos y contestar a su pregunta, así que bajó la cabeza.

Pero en vez de encontrarse mirando al suelo, sus ojos quedaron atrapados en el amplio pecho de Raúl. La piel morena de su cuello parecía imposiblemente oscura, bruñida casi, en contraste con el blanco inmaculado de la camisa de lino y la sombra del vello oscuro que se veía bajo ella. El recuerdo de la sensación que había producido en las yemas de sus dedos al acariciarlo le hizo tragar saliva mientras luchaba contra el deseo de alzar las manos, desabrocharle la camisa y volver a disfrutar de esa sensación.

Para resistirse a la tentación, se obligó a bajar los ojos, para sonrojarse aún más al ver la hebilla de plata y el cinturón de cuero negro que rodeaban su cintura. Era imposible no darse cuenta de cómo el tejido de los pantalones se tensaba sobre el bulto de su erección, que probaba sin lugar a duda que la deseaba de verdad…

¿Más que a ninguna mujer en el mundo?

Alannah lo dudaba, pero estaba dispuesta a dejarlo pasar. Saber que ese hombre devastador, el único hombre con quien había deseado acostarse, seguía deseándola, era como un bálsamo para su alma herida, una promesa de delicia en un mundo que se·había tornado completamente oscuro para ella.

–¿Y qué me dices de él? –Raúl, interrumpió sus pensamientos, y sobresaltándola con la inesperada pregunta. Alzó el rostro y lo miró confusa.

–¿Él? –repitió desconcertada–. ¿Quién? ¿A quién te refieres?

–¿A quién podría ser excepto a tu otro hombre?

La voz de Raúl sonó liviana, casi indiferente, pero volvía a escrutarla con atención y ella supo que preguntaba muy en serio. Y cuando comprendió a qué se refería, su mundo se tambaleó al comprender que a él le importaba de verdad.

–Mi otro hombre –gimió con un hilo de voz, mientras intentaba recuperar el control–. ¿Quién…?

Él frunció el ceño, con expresión de reproche, y ella comprendió que creía que estaba jugando con él, simulando no entender para divertirse, provocándolo a propósito.

–Vamos a dejar una cosa clara, querida –masculló con voz dura–. No me acuesto con las mujeres de otros hombres, por fuerte que sea la tentación.

–¡Mujeres de otros hombres! –balbució Alannah con indignación–. ¡No soy la mujer de ningún hombre! No le pertenezco a nadie y…

–Entonces, ¿tu nuevo amante ya no está en escena? –le lanzó Raúl, como un dardo.

–¡No hay ningún nuevo amante! –exclamó ella. Lo miró con horror al ver que echaba la cabeza hacia atrás y comprendía cuánto había desvelado. Casi veía cómo su mente rememoraba el último día que se habían visto, reviviendo la escena y analizando cada frase que ella había dicho…

–Así que a él también lo abandonaste, ¿eh? Pero quizá le concedieras a ese pobre tonto algún mes más que a mí. En ese caso… –la miró a los ojos, alzó una mano y acarició su mejilla, sonriendo al ver su reacción automática, cómo se arqueaba hacia la caricia y entrecerraba los ojos sensualmente– su pérdida será mi ganancia…

Inclinó la cabeza y volvió a capturar su boca con un beso tan sensual que a ella le dio vueltas la cabeza y tuvo que aferrarse a sus hombros ante esa devastadora oleada de sensaciones. La caricia de sus manos bajando por su cuello, sus hombros, sus brazos, le provocaron un escalofrío de placer que la llevó a apretarse contra él. Raúl rió con suavidad e inclinó su cabeza hacia atrás para asaltar su boca con más eficacia.

Deslizó la mano que tenía en su espalda hasta el escote en uve de su vestido y la introdujo dentro para acariciar su piel. Cuando oyó el murmullo de deleite de Alannah y notó cómo se estremecía con la leve caricia, bajó la otra mano, que había estado alzando su barbilla y trazó dibujos eróticos con los dedos, avanzando hacia el lugar donde sus senos hinchados y tensos se apretaban contra el sujetador. En el momento en que rozaron los excitados pezones, bajo el satén verde pálido, Alannah emitió un gemido de placer y sintió que una oleada de calor se concentraba entre sus piernas; apretó la boca contra la de él aún más fuerte, animándolo en silencio a que continuara con las caricias. Él empezó a desabrochar con impaciencia los diminutos botones que mantenían el vestido cerrado, después puso los dedos sobre la curva de su seno, oculto bajo el sujetador de seda y encaje, y apretó el pezón entre el pulgar y el índice, consiguiendo que Alannah volviera a gemir y dejara caer la cabeza hacia atrás, como reacción a la descarga eléctrica de placer que la abrasó.

El movimiento otorgó a Raúl mayor acceso a la parte delantera del vestido y tiró de los botones con tanta fuerza que varios salieron despedidos y rebotaron en la mesa y en el brazo del sillón. Doblada hacia atrás, apoyada en su brazo, notó cómo él liberaba uno de sus hinchados senos y lo alzaba para exponer el pezón tenso para someterlo a la ardiente caricia de su boca.

–Raúl... –el nombre fue un ronroneo, un susurro de maravillada incredulidad por el placer que estaba sintiendo.

Percibió que él medio la empujaba, medio la llevaba a través de la habitación hasta que notó la presión del asiento del sofá detrás de sus rodillas antes de derrumbarse sobre el cuero negro, aplastada contra los cojines por el peso del cuerpo de Raúl.

–Eres una eterna tentación –masculló Raúl contra su cuello, mientras su boca iniciaba otra mágica danza y su lengua trazaba caminos en la delicada piel–. Y nunca he sido capaz de resistirme a la tentación.

Puntualizaba cada palabra con un beso duro, exigente, posesivo. Haciéndola suya, marcándola con su sello.

–Nunca...

Alannah que había estado tan cerca y sin embargo tan lejos tantas veces, sintió que las llamas invadían su cuerpo, su mente, como un incendio desbocado e incontrolable. No tuvo tiempo de pensar ni de respirar mientras Raúl la aplastaba con su cuerpo.

Su boca y sus manos la atacaban con ferocidad,

quemándola al explorar cada tembloroso centímetro de su piel. Los traviesos dedos habían abierto el vestido del todo y se introdujeron bajo el elástico de sus bragas, llegando al punto en donde ella sentía un latido más intenso y haciéndola gemir de deseo.

–No… –masculló él cuando tuvo que detenerse para tomar una jadeante bocanada de aire.

«¿No?», la pregunta resonó en la cabeza de Alannah; no tenía fuerzas para formularla, y menos para entender las palabras en español que él farfullaba en su cuello. ¿Cómo podía decir que no cuando ella lo deseaba tanto y habría jurado que él…?

–Así no –dijo Raúl con impaciencia–. Aquí no, el dormitorio…

–Sí… –consiguió gemir Alannah. No pudo decir más, porque en cuanto lo dijo, Raúl atrapó sus labios de nuevo, la alzó en brazos y fue hacia el dormitorio. No dejó de besarla, tejiendo una telaraña de mágica sensualidad con labios y lengua, y las manos que la sujetaban presionaban sus caderas y alentaban las llamas de su necesidad y deseo.

–¡Esto sobra!

Superado por la impaciencia, la apoyó contra la pared, agarró el bajo del vestido y tiró de él hacia arriba. Alannah quedó cegada un momento por la tela verde, pero él se lo sacó por la cabeza y lo dejó caer al suelo de madera.

–Mejor… –los ojos oscuros descendieron hacia los senos aún confinados en el satén verde pálido y jadeó–. Mucho mejor.

Alannah se quedó sin aliento cuando curvó las manos bajo cada seno y los alzó hacia la caricia de su boca, el tormento de su lengua ardiente. Casi incapaz de soportarlo, Alannah se retorció contra la pared, con el rostro sonrojado y el cuerpo ardiente; su excitación era tan intensa que casi sentía dolor.

—Raúl…

Fue un gemido de protesta, o de ánimo, ni ella misma habría sabido decirlo. Con la espalda aún apoyada en la pared, fue moviéndose centímetro a centímetro hacia la puerta que conducía al dormitorio. La quemazón de sus caricias en la piel era maravillosa y la necesidad que creaba en ella había despertado cada poro, cada nervio, cada célula de su cuerpo. Pero si la situación se alargaba mucho más, empezaría a arder como un bosque en llamas.

—Raúl, por favor…

Una risa grave, oscura, triunfal, respondió a su súplica. Sujetándola con un brazo, Raúl capturó su boca y la sometió a un sensual tormento mientras con la mano libre se ocupaba del cierre del sujetador para luego quitárselo y lanzarlo en la misma dirección que había seguido el vestido.

El contacto de sus manos en los senos desnudos fue casi más de lo que ella podía soportar. Echó la cabeza hacia la pared, dejó escapar un gemido salvaje y se le doblaron las rodillas.

—Raúl, ¡por favor!

Otra risotada, aún más brusca, resonó en la garganta de él, mientras trazaba un camino de besos a lo largo de su hombro hasta llegar a la base de su cuello. Y todo el tiempo, sus manos malvadas y hábiles acariciaban, jugaban y torturaban sus senos, a veces con suavidad, a veces tirando de los turgentes pezones, hasta el punto que ella creyó que se desmayaría por la fuerza de las sensaciones que la asolaban.

De repente, pareció que Raúl también había perdido la paciencia. Consciente de que ya no podía retrasar el placer ni un momento más, la alzó en brazos, abrió la puerta del dormitorio de una patada y la depositó sobre la cama con poca ceremonia.

Ojos oscuros de pasión se enredaron con los de Alannah mientras se quitaba la ropa, dejando que la perfecta camisa blanca y el elegante traje cayeran en cualquier parte sin prestar mayor atención.

Y Alannah no podía desviar la vista. No quería mirar ninguna otra cosa. Estaba transfigurada por el cuerpo perfecto y viril que estaba dejando a la vista con cada prenda que desechaba. Raúl Márquez era ancho y fuerte, con hombros y torso rectos, y el pecho salpicado del vello negro que ella había percibido antes. Desnudo del todo parecía más oscuro, rizado y terso, y descendía en hilera hasta su cintura estrecha, para perderse bajo la cinturilla del pantalón.

Ella habría pensado que allí tumbada, sin caricias ni besos que avivaran las llamas de pasión que él había iniciado, el fuego se apagaría, pero lo cierto era que estaba ocurriendo lo contrario. Cada centímetro de piel morena que desvelaba hacía que su pulso latiera con más fuerza, que su sangre hirviera aún más. Por fin comprendía por qué no había sido capaz de reemplazar a ese hombre en su mente y en su corazón. Lo cierto era que no existía nadie más para ella, nadie que estuviera a su altura en cómo encajaba con su definición personal del hombre perfecto. En los pocos meses que habían estado juntos la había marcado como si fuera una esclava, una posesión con la que podía hacer su voluntad. Y eso no había cambiado.

Regresó a su lado cubierto sólo con los calzoncillos y se inclinó sobre la cama para capturar sus labios con un beso largo y profundo que volvió a encender todos sus sentidos. Hambrienta, alzó los brazos hacia sus hombros y tiró de él para atraerlo, pero Raúl la detuvo y volvió a echarla sobre las almohadas mientas le quitaba las diminutas bragas. Un momento después, presionó la boca contra la suave piel que sus manos acababan de descubrir.

—Dios, cuánto necesitaba esto —masculló Raúl con voz espesa y enronquecida por el deseo que tensaba su cuerpo; el mismo deseo que hacía que ella se retorciera sobre la cama.

—Yo también…

Ella pensó que tal vez si lo tranquilizaba, si lo acariciaba como él la estaba acariciando, lo convencería para que le diera la satisfacción que anhelaba. Pero cuando pasó las manos por su piel ardiente y morena, el efecto fue justo el contrario. Vio un brillo febril y hambriento en sus ojos, cómo sus pómulos se teñían de rojo y oyó el jadeo agitado de su respiración, mientras él luchaba por mantener el control.

Un control que ella no deseaba.

Cuando los besos regresaron a sus senos, buscando un pezón rosado y erecto, descubrió que no tenía fuerzas para soportar esa tortura más tiempo.

—Raúl, por favor, ven a mí…

Tiró de sus calzoncillos negros con dedos nerviosos y lo oyó gemir mientras lo ayudaba a librarse de esa última prenda. Y por fin estuvo con ella, sintió su cuerpo pesado encima y cómo sus piernas velludas empujaban las suyas, abriéndola a él.

—Oh, sí… Sí… —Alannah suspiró con deleite,

abrazándolo y abriendo las piernas aún más, hasta que estuvieron a los lados de sus caderas, otorgándole acceso al centro íntimo de su ser.

Dedos expertos acariciaron la carne expuesta, frotaron el pequeño e hinchado centro de su deseo haciéndola gemir y estremecerse, llevándola casi al borde del maravilloso salto al vacío. Casi, pero no lo bastante. Una vez más, ella aferró sus hombros, urgiéndolo a acercarse más y más. Y por fin oyó el aire sisear entre sus dientes mientras él abandonaba todo intento de control y se enterraba en su cuerpo anhelante con una larga y poderosa embestida.

–Alannah…

–Raúl, sí…

Sus voces chocaron en el aire, resonando en la habitación silenciosa y en sombras.

Pero incluso cuando el sonido de su nombre se apagaba ella supo que algo había cambiado. Un leve temblor en su voz al sentir la punzada de dolor, una tensión momentánea que no pudo controlar, la habían descubierto. El cuerpo de Raúl se detuvo y tensó mientras luchaba por recuperar el control, y la morena cabeza, que había estado echada hacia atrás, se inclinó hacia ella. Los ojos dorados escrutaron su rostro, buscando la respuesta a la pregunta que claramente quemaba su lengua.

–¿Aún? –dijo. Esa única palabra encerraba en ella un mundo de significado, incredulidad y asombro–. ¿Aún inocente? ¿Pero cómo…?

Ella sabía que tenía los ojos clavados en su rostro, buscando la respuesta que buscaba, la respuesta que ella no sabía cómo darle, que no se atrevía a darle. Así que mantuvo los ojos cerrados y utilizó las manos para distraerlo, intentando que dejase de pensar en que había mantenido esa virginidad que él había valorado tanto.

–No importa cómo. No importa –le aseguró, con voz urgente y queda.

No quería que pensara en ello, no quería que eso le hiciera titubear o, Dios no lo quisiera, incluso detenerse. No podía parar o a ella le estallaría el corazón por la necesidad que golpeteaba desenfrenadamente todo su cuerpo. No necesitaba experiencia, ni conocimiento, para percibir que algo muy especial, algo espectacular estaba muy cerca, al alcance de la punta de sus dedos.

–Alannah… –masculló Raúl, pero ella negó con la cabeza y movió el cuerpo bajo el suyo, abriéndose aún más.

–Nada importa, excepto esto, ahora… –y con una caricia y provocadores movimientos de su cuerpo, que el instinto femenino le llevó a realizar, luchó por conseguir que los pensamientos de él tomaran un rumbo más placentero. Supo que había tenido éxito cuando oyó su gruñido de rendición y que el largo cuerpo que tenía sobre ella se tensaba de una forma nueva y diferente.

–Sí –susurró en su oído–. Sí, por favor, Raúl… por favor, hazme tuya…

Tras las ventanas, el día era frío y gris y nubes oscuras amenazaban lluvia de nuevo. Pero allí, en su pequeño mundo privado, no había sino calor y hambre, el ardor del deseo y el deleite de caricias y movimientos intensos y sensuales. Un ardor que crecía y crecía con cada glorioso movimiento, con cada beso y cada caricia, hasta que ella se alejó de la realidad y se perdió en un torbellino de sensaciones. Se abandonó por completo, rindiéndose a lo que sentía, hasta que no existió nada más que la deslumbrante y cegadora explosión de deseo satisfecho.

Sintió que giraba y se alzaba hacia otra galaxia, mientras un delirio de placer devastaba su mente. En algún lugar, muy lejano, oyó el grito de deleite de Raúl mientras la acompañaba en su salto, y sus cuerpos se fundían en uno y quedaban suspendidos en el infinito, aferrados a los últimos espasmos de placer.

Cuando por fin acabaron, ella suspiró y se dejó caer sobre la cama, jadeante, con el pecho agitado, el cuerpo repleto y la mente adormecida. Y Raúl regresó con ella, derrumbándose sobre su cuerpo con total abandono, mientras intentaba recuperar la respiración. Su poderosa estructura estaba cubierta de sudor y su cabeza reposaba en su hombro. Alannah sentía los fuertes latidos de su corazón, acoplados al ritmo de los del suyo.

Pasó un tiempo hasta que la respiración de él por fin se acompasó y, con un suspiro de satisfacción, se tumbó de espaldas con un brazo sobre los ojos.

–Dios –murmuró con voz ronca–. Si hubiera sabido que sería así, nunca te habría dejado marchar…

Alannah pensó para sí que ella siempre lo había sabido. Había pensado que había olvidado, o intentado olvidar, el efecto que Raúl había tenido siempre en ella, el doloroso anhelo, la cegadora necesidad que despertaba simplemente por el hecho de existir. Pero lo cierto era que seguía allí, justo a flor de piel y necesitando sólo un roce, un beso para que esas brasas de amor por él estallaran en llamas. Estaba en sus manos.

Y tenía que aceptar que siempre sería así. Nunca estaría libre de Raúl, seguiría atada a él, siempre pendiente de él y de cuánto lo necesitaba. Una necesidad que ni una noche ni mil podrían apagar. En toda una vida no conseguiría liberarse de su hambre de él.

Pero, de momento, esa hambre estaba satisfecha y su cuerpo saciado. Se sentía tranquila y en paz cuando Raúl se puso de costado y la rodeó con sus fuertes brazos. Le dolían muchas partes del cuerpo, pero era un dolor maravilloso y de satisfacción, que encajaba con la deliciosa sensación que aún resplandecía en cada nervio, en cada milímetro de su piel. Lo que había ocurrido entre ellos les había recordado a ambos lo que habían compartido una vez. Incluso si ella sólo significaba eso para Raúl, estaba segura de que todo mejoraría a partir de ese momento.

Raúl se estiró y, con una mano, tiró del edredón, envolviéndolos en una cueva suave y cálida de plumas. Estaban lado a lado, con las piernas enredadas.

Ella se acurrucó contra él, sintiendo cómo la apretaba. En la calidez y seguridad de su abrazo, sintió que sus párpados se volvían pesados y se cerraban, mientras se mecía en olas de cansancio. Por primera vez en cinco días, sintió que la tensión que la había atenazado se disolvía lentamente.

Estaba casi dormida cuando Raúl cambió de actitud repentinamente. Suspiró, se tumbó de espaldas y, con un brazo tras la cabeza, miró al techo.

—Alannah...

Lo que quiera que fuese a decir quedó apagado por el sonido de un insistente golpeteo en la puerta.

Capítulo 8

QUÉ?
Alannah dio un respingo y se volvió hacia Raúl, que miró su rostro y vio cómo sus ojos verdes se abrían sobresaltados y su rostro palidecía.

–¿Quién…? –musitó ella, al tiempo que oían una voz al otro lado de la puerta.

–Botones, señor. Vengo a por el equipaje.

–¡Diablos!

Raúl, con la mente aún nublada por la tormenta de pasión que lo había asaltado, miró el lugar donde estaba la maleta, junto a la puerta de la sala.

Blasfemando en su lengua nativa, se destapó, bajó de la cama y recogió la camisa y los pantalones que había tirado de cualquier modo. Tardó segundos en vestirse. La miró de reojo y vio la consternación que reflejaba su rostro, mientras Alannah subía el edredón para tapar sus pechos desnudos.

–Espera aquí. Yo me ocuparé de esto.

Se pasó la mano por el pelo revuelto y salió del dormitorio, cerrando la puerta a su espalda. Cuando cruzaba el salón vio que los zapatos de Alannah estaban sobre la alfombra. Recordando su mirada de pánico y sabiendo que odiaría que alguien descubriera lo que había ocurrido, los metió bajo el sofá de una patada.

Tras entregar la maleta y una generosa propina al botones, le dio las gracias y lo despidió. Apoyó la espalda en la puerta y cerró los ojos con un suspiro. Pero aunque el alivio de haber solucionado esa situación había relajado sus hombros, pensar en la otra que lo ocupaba lo tensó de nuevo.

Se preguntó qué diablos había ocurrido.

Había hecho votos de no volver a ver a Alannah Redfern; de no permitir dejarla entrar de nuevo en su vida. Sin embargo, en cuanto el destino los había unido, se había comportado con la misma ceguera, estupidez y locura que un adolescente dominado por sus hormonas.

Era cierto que no se había sentido equilibrado. La semana le había dejado el cerebro embotado y los sentimientos a flor de piel, pero eso no era excusa. Un beso, una caricia y se había rendido al poder de su libido, como si todo el tiempo que había dedicado a madurar, aprender a controlarse y convertirse en un hombre en vez de un chaval, le hubiera sido arrancado, convirtiéndolo en presa de sus deseos más primitivos y básicos en un segundo.

Alannah siempre había tenido la capacidad de afectarlo así. Desde el momento en que se habían conocido, hacía menos de tres años, no había sido capaz de quitarle las manos de encima. Su cuerpo lo llamaba como el de ninguna otra mujer, y nunca se había sentido tan fuera de control como con ella. No le había gustado antes y ahora le gustaba aún menos.

Porque nada era tal y como él había creído.

La vez anterior le había propuesto matrimonio. Y ella se había reído en su cara y se había marchado con otro hombre, o eso había dicho. Pero la mujer con la que acababa de acostarse había sido virgen y tan inocente como dos años antes.

Eso significaba que hacía dos días, cuando él había pensado que intentaba seducirlo para conseguir su propósito, de hecho…

¿Qué?

Se pasó las dos manos por el pelo y, al ver el teléfono móvil sobre la mesa, llamó a Carlos. Cuando el chófer contestó mantuvo una conversación muy breve con él. Alannah debía de estar esperándolo y estaba impaciente por volver a reunirse con ella.

No creía haber tardado mucho, pero cuando abrió la puerta del dormitorio quedó claro que había tardado demasiado. Y, en consecuencia, Alannah había cambiado de humor.

Ya no estaba tumbada en la cama, donde la había dejado. Se había levantado y se había vestido… lo mejor que había podido, abrochando los botones del vestido que seguían intactos y tironeando de la prenda para ocultar los huecos que revelaban la seda y encaje verde claro del sujetador y el tono cremoso de su piel.

Pero lo que más lo preocupó fue su expresión. Se había sentado al borde de la cama, con la espalda recta, la cabeza alta y una mirada distante que no recordaba para nada a la mujer ardiente y sensual que había tenido en sus brazos unos minutos antes.

Maldiciendo en silencio la inconveniente aparición del botones, Raúl ocultó su frustración tras una sonrisa.

—Ya se ha ido. Puedes relajarte.

Pero ella parecía pensar en cualquier cosa menos

en relajarse cuando se levantó de la cama, agarrando con fuerza los bordes del vestido para cerrarlo.

—Si pides al chófer que me lleve a casa —dijo con voz tensa, primorosa y típicamente inglesa—, te lo agradecería mucho.

Raúl soltó el aire con exasperación y siseó entre sus dientes.

—Y yo te agradecería que dejaras de actuar como un témpano y vinieras aquí para que pudiera besarte de nuevo...

Ojos verdes y oro se enfrentaron, los de ella tan desafiantes que él casi vio el destello de las chispas en el aire. ¡Maldito fuera el botones! No podía haber elegido peor momento para aparecer.

—Me parece que no... No creo que esto sea buena idea.

—¡No crees! —explotó Raúl—. Tú no... Espera, mira... —rectificó rápidamente, al ver que ella se retraía ante su estallido y se le nublaban los ojos—. Alannah, querida, deja esta tontería. No pienses. No te ayudará.

—¿No me ayudara a qué?

—Pensar sólo se interpone, lo que tú y yo tenemos no requiere pensar, ni sentido común, sólo esto...

Se acercó a ella, deseando besarla y devolverla al estado de ardor y deseo anterior. Ese estado hambriento y exigente, cuando había aferrado sus brazos, su espalda, su cabello, cualquier cosa para acercarlo más a su cuerpo. Pero ella esquivó su mano y se dirigió al extremo opuesto de la habitación desde donde se enfrentó a él con expresión de tozudo desafío.

—Esto no volverá a ocurrir —le lanzó, golpeando

el suelo con el pie aunque, dado que estaba descalza y la alfombra era gruesa y mullida, no consiguió el efecto deseado. La mirada airada que le dirigió advirtió a Raúl que más le valía no reírse, así que él se contuvo como pudo.

—Por supuesto que volverá a ocurrir. No tenemos nada que decir al respecto.

—Al contrario, yo tengo mucho que decir al respecto, y digo que no.

—Eso no es lo que decías hace un rato, ahí —ladeó la cabeza hacia la cama vacía y revuelta—. ¿Acaso vas a negar…?

—No estoy negando nada —lo cortó Alannah secamente—. Sólo quiero irme a casa. Y tú avión no esperará. No tengo ninguna intención de que me des un revolcón rápido para pasar el rato hasta que tengas que marcharte. Así que si puedes llamar a tu chófer…

—Ya lo he llamado —apuntó Raúl.

Si el problema de Alannah era que creía que iba a dedicarle el mínimo tiempo posible, no podía estar más equivocada. No tenía ninguna razón de apresurarse. De ninguna manera iba a ser un «revolcón rápido».

—Y le dije que no viniera cuando habíamos acordado, sino que esperase hasta que volviera a llamarlo. Pero si te preocupa el avión, entonces…

—¡Me importa un cuerno el avión! Sé muy bien que el Poderoso y Elevado duque Raúl Márquez puede permitirse tener un avión privado a sus órdenes, y que sólo tiene que chasquear los dedos para que su piloto esté listo para volar. Pero ni se te ocurra pensar que puedes hacer lo mismo conmigo.

Esa vez él no pudo contener la risa. La situación era demasiado ridícula.

—No tengo que chasquear los dedos, sólo acariciarte con ellos, y serás mía y harás exactamente lo que te pida.

Se movió hacia ella, con la mano en alto y los dedos extendidos, para demostrarle lo estúpido que era todo aquello. Pero ella se encabritó como un caballo nervioso, alzó la mano y apartó la de él de un palmetazo, antes de trasladarse al otro extremo de la habitación.

—¡No te atrevas! ¡No quiero eso!

—Que no quieres... —esa vez su risa sonó fría y áspera, sin rastro de humor—. Mentirosa —la acusó—. Lo deseabas intensamente hace nada, ¿qué diablos te ha hecho cambiar de opinión?

—Te diré qué me ha hecho cambiar de opinión.

Alzó la barbilla y sus ojos destellaron, pero Raúl no pudo evitar distraerse al ver que su respiración agitada hacía que el vestido se entreabriera mostrando la curva de sus senos, que subían y bajaban provocativamente.

—Hazlo, por favor.

—¡Tú has hecho que cambiara!

—¿Yo? ¿Y cómo?

—¿No es obvio? Vuelves aquí tranquilamente, seguro de que estaría esperándote, ¡muriéndome de ganas por seguir con lo que habíamos empezado! No me sorprendería nada que hayas supuesto que estaría desnuda y lista en la cama... —señaló con una mano la cama que se interponía entre ellos— ¡para ahorrar tiempo!

—Ya te he dicho...

–Sí, sé lo que me has dicho. Has dicho que ya habías llamado a tu chófer, que estabas tan seguro de tu conquista que no te molestaste en comprobar si yo seguía… dispuesta…, antes de posponer tus planes de viaje para echar otro rápido…

–¡No te atrevas! –rugió Raúl con furia–. Sabes que no ha sido así.

–¿Lo sé? ¿En serio? Entonces dime, Raúl, ¿cómo ha sido?

–Tú lo deseabas tanto como yo.

–*Deseaba*. En eso tienes razón, Raúl. La palabra es «deseaba». Pasado. Puede que te deseara, pero cometiste un gran error. Me diste tiempo para pensar… dos, tres y, créeme, cuatro veces sobre esto. Y llegué a la conclusión, la única conclusión sensata, de que *no* quiero nada más contigo. No debería haber venido aquí, no lo habría hecho de no ser por el maldito teléfono, y ya te lo he devuelto. Así que es hora de decir adiós, ¡y esta vez para siempre!

«¡Ni por todos los demonios!», Raúl rechazaba sus palabras con todo su ser. No podía acabar, no así. No iba a volver a ocurrir. No iba a abandonarlo de nuevo justo cuando él acaba de redescubrir esa satisfacción sensual, la más profunda y perfecta satisfacción, que sólo había encontrado con ella.

La había buscado en otras partes, lo había intentado durante dos largos y frustrantes años. Y ninguna mujer se había acercado a su altura. Haría cualquier cosa, pagaría cualquier precio, recurriría al chantaje si hacía falta, para tener a esa mujer donde debía estar: en su cama.

–No vas a irte.

–¿No? Mírame.

Pasó junto a él, agitando la gloriosa melena rojiza. Él supo por su mirada de reojo que esperaba que intentase agarrarla, detenerla, así que obtuvo una extraña satisfacción apoyándose contra la pared, cruzando los brazos sobre el pecho y observándola con toda tranquilidad.

–¿No crees que estarías mejor con algo en los pies? –farfulló por fin, cuando ella cruzaba la sala.

–¿Qué? –Alannah se detuvo en seco y miró sus pies descalzos, pálidos sobre el color borgoña oscuro de la alfombra–. ¿Dónde...? –empezó, pero Raúl la ignoró e interrumpió su indignada pregunta.

–¿Y de veras piensas atravesar el hotel, e ir hasta tu piso vestida, o más bien desvestida, así?

Mientras hablaba, bajó la mirada desde su rostro airado hacia su cuerpo, deteniéndose en el punto en el que faltaban tres botones del vestido, que se abría mostrando el encaje verde de su sujetador.

Alannah admitió para sí que tenía un aspecto desastroso. Él, en cambio... Bueno, su ropa estaba algo arrugada tras pasar un rato en el suelo, y en cualquier otra persona habría resultado inadecuada, pero en Raúl provocaba un efecto muy distinto. Parecía relajado y real. A años luz de su habitual aspecto elegante y pulido y muy, muy sexy. Era imposible mirarlo, ver su ancho pecho bajo la camisa aún desabrochada y no pensar en que poco antes había apoyado la cabeza en ese pecho, sintiendo el cosquilleo de su recio vello en la mejilla, mientras escuchaba cómo su respiración se tranquilizaba y el tronar de su corazón bajaba de nivel tras su desenfrenado encuentro sexual.

Soltó un gemido, se ruborizó y volvió a agarrarse

el vestido, juntándolo lo mejor que pudo. Pero si lo
sujetaba, no podía abrir la puerta. Y aún tenía que
encontrar…

–¿Dónde están mis zapatos?

Próxima al pánico, recorrió la habitación con la
mirada, buscando los zapatos de cuero claro que había llevado puestos. No los vio por ningún sitio.

–Raúl…

–Alannah…

Él se despegó de la pared y fue hacia ella lentamente. Alannah lo miró con desconfianza.

–¿Por qué no te sientas un momento y hablamos
de esto?

Sonaba tan calmado, tan razonable que ella lo
miró boquiabierta y atónita. ¿Qué había ocurrido
con don Por Supuesto Que Volverá a Ocurrir? Por lo
visto parecía dispuesto a ser razonable, aunque también podía estar ocultando su lado oscuro tras esa
súbita actitud civilizada.

No tenía forma de saber la verdad y sabía que sus
procesos mentales distaban de ser fiables en ese momento. Se sentía como si hubiera estado en el ojo de
un huracán desde que había entrado en la habitación
del hotel: agitada y golpeada por un torbellino de
sentimientos contradictorios. Su cuerpo aún ardía
con la pasión que la había invadido en el momento
en que Raúl la había tomado en sus brazos y la había
besado. La verdad era que, aunque había quedado
exhausta y saciada tras hacer el amor, una parte débil y avariciosa de sí misma había esperado más.

Si no hubieran llamado a la puerta, o si hubiera
ocurrido unos minutos más tarde, no habría habido
vuelta atrás. Se habría girado hacia Raúl y, si él la

hubiera abrazado y besado, se habría entregado a él deseosa y anhelante. Sólo habría hecho falta un beso, una caricia de Raúl, para reavivar el fuego que había bajado de intensidad, sin apagarse. Sabía que habría sido incapaz de decir no, no habría deseado decir no, y Raúl habría vuelto a hacerla suya, a marcarla como su posesión, sin pensarlo un momento.

Pero habían llamado a la puerta. Eso había rasgado la neblina que llenaba su mente, sacándola de su delirio de necesidad y devolviéndola a la cruda realidad en cuestión de segundos.

Había esperado, temblando de excitación, oyéndolo hablar con el botones hasta que se cerró la puerta. Todos los nervios de su cuerpo seguían vivos y despiertos y, si hubiera vuelto entonces, habría sido incapaz de pensar. Se habría lanzado a sus brazos, como un alfiler atraído por un potente imán. Sólo tendría que haberle dicho «Ven» y habría obedecido. Así de fuerte era el hechizo que ejercía sobre ella.

Pero no había regresado. No había dicho «Ven». Había telefoneado a Carlos.

Y, de repente, fue como si su mundo se quedara sin fondo. El corazón le había caído a los pies y el último rescoldo de calor había abandonado su cuerpo, dejándola temblorosa, pero de frío.

—Ya he llamado —había dicho Raúl—. Y le dije que no viniera cuando habíamos acordado, sino que esperase hasta que volviera a llamarlo.

Ella no necesitaba que le dijera eso. Le daba igual lo que dijera o cómo lo expresara. Lo había oído a través de la puerta. Sabía que su primera reacción instintiva, tras librarse del botones, había sido llamar a su chófer. Había oído el nombre de Carlos y, si bien no había entendido el resto de la conversación en español, había sabido demasiado bien lo que ocurría.

Para entonces se había despertado y comprendido la cruda realidad que no podía evitar, por mucho que lo deseara.

Mientras ella seguía intentando reaccionar tras el huracán de emociones que la había devastado, mientras su cuerpo aún temblaba de deleite por las sensaciones que había experimentado y su mente giraba como un torbellino, Raúl estaba organizando su vida con toda calma, ocupándose de cosas prácticas.

Cosas prácticas como hacer el equipaje, dejar el hotel, marcharse de Inglaterra y regresar a España.

Dejándola a ella atrás.

Había sido una pobre estúpida al esperar otra cosa. No sabía cómo había podido pensar que podría haber algo más, que él podría buscar algo más que un cuerpo deseoso bajo el suyo en la cama. No tenía por qué pensar que después de hacerle el amor o, más correctamente hablando, practicar el sexo, por apasionado y satisfactorio que hubiera sido para ambos, él pondría sus planes en suspenso, desearía quedarse con ella y que ella formara parte de su futuro.

Si se hubiera permitido soñar con eso, habría sufrido una terrible decepción. En cuanto Raúl hubo disfrutado de su cuerpo, había llamado a su chófer para concretar los detalles de su viaje de regreso a España, como si nada hubiera sucedido.

Era porque, para él, no había sucedido nada.

Tumbada sola en la cama, mientras su pasión se enfriaba como las sábanas que Raúl había abandonado, Alannah se había obligado a enfrentarse a la verdad. Dos años antes, cuando él la había creído digna de casarse con él, incluso si su valor residía en que sería una esposa virgen y le daría los hijos que tanto anhelaba, Raúl siempre se había contenido; siempre había controlado su pasión por ella.

Le había dicho que no le haría el amor hasta que estuvieran casados, y había mantenido su palabras, a pesar de que obviamente le costaba un gran esfuerzo. Hasta esa noche.

Si había necesitado alguna prueba de lo poco que significaba para él, la había encontrado en cómo él la había tomado en esa cama que se le hacía insoportable de repente; hasta el punto de que tuvo que saltar fuera de ella y vestirse a toda prisa.

Se había entregado a Raúl en bandeja y él había aceptado cuanto ofrecía. No quería desearla, pero no podía evitarlo. Y una vez obtuvo lo deseado, siguió con sus planes de marcha. Suponiendo que lo sucedido significaba tan poco para ella como para él.

Y después había vuelto a la habitación, grande y arrogante, asumiendo algo más: que ella estaría allí tumbada, esperándolo para que siguieran por donde lo habían dejado. Para ocuparse del tema lo más rápidamente posible y ponerse en marcha.

Y ella, ¡maldita fuera!, lo había estado esperando. Se había quedado en la habitación, silenciosa y obediente. No era extraño que hubiera creído que podía obtener lo que quisiera de ella, que cumpliría todos sus deseos. Si hubiera tenido sentido común, habría aprovechado la oportunidad para salir del dormitorio mientras el botones aún estaba en la puerta y huir antes de que Raúl tuviera tiempo de protestar o quejarse. Habría estado muy bien obligarlo a explicar por qué una mujer medio vestida y descalza aprovechaba el momento para salir de su suite a toda prisa.

—¿Por qué iba a querer sentarme? ¿Y de qué íbamos a hablar?

—Quiero hacerte una propuesta.

—¿Una propuesta? —Alannah lo miró con inquietud. Seguía pareciendo sereno, hasta un punto alarmante. Se preguntó que había ocurrido con el amante apasionado de hacía un rato, y con el cerdo arrogante que había dicho «No tengo que chasquear los dedos, sólo acariciarte con ellos, y serás mía y harás exactamente lo que te pida». Parecía que en un breve espacio de tiempo, Raúl Márquez había sido tres hombres distintos, si no más. El amante apasionado, el hombre que con templado buen humor y espectacular arrogancia había desestimado sus protestas y, de repente, el hombre de negocios que tenía una propuesta para ella. Y era incapaz de adivinar cuál de ellos era la persona real.

—¿Qué tipo de propuesta?

Ni siquiera sabía por qué lo preguntaba. No quería pasar más tiempo en su compañía. Era demasiado inquietante, demasiado peligroso para su paz mental y su instinto de supervivencia. Quería irse de allí.

¿O no?

Justo cuando su mente le devolvía la pregunta, supo que ya había titubeado demasiado para poder convencerse de ello. El ímpetu airado que la había enardecido y llevado sus pies hacia la puerta, impidiéndole mirar atrás o considerar otra posible alternativa, la había abandonado, sus sentidos empezaban a recordarle lo que se estaba perdiendo y la frustración que tensaba su cuerpo era casi insoportable.

—Siéntate y te lo diré.

Raúl señaló el sofá, pero el recuerdo de cuero era demasiado fuerte y devastador para que ella se sintiera cómoda. Así que eligió uno de los sillones a juego y se sentó con las piernas juntas y las manos sobre las rodillas. Era muy consciente de que debía de haber un enorme contraste entre su postura y su cabello alborotado y el vestido entreabierto.

—Estoy sentada, dime de qué quieres hablar. De esa pro... —para su horror y consternación, no pudo encontrar la palabra en su mente. Sólo se le ocurría «proposición» y tenía muy claro que Raúl no pensaba en hacerle proposiciones.

Pero lo que la asustaba de verdad era haber llegado a asociar las palabras «proposición» y «matrimonial» en conexión con «Raúl». Eso era lo último que quería. Absolutamente lo último...

Todo pensamiento racional abandonó su mente cuando vio, incrédula, que Raúl se acercaba y apoyaba una rodilla en el suelo ante ella.

—Raúl... —empezó, pero el pánico que la atenazaba le secó la boca y tuvo que pasarse la lengua por los labios para recuperar el control de su voz.

¿Era pánico o excitación? En cualquier caso, agradeció no haber podido decir nada cuando él giró levemente, metió la mano bajo el sofá y sacó sus zapatos de debajo.

–Tus zapatos, querida –dijo él con ironía–. Deja que te ayude…

Cuando rodeó su tobillo con la mano para levantarle el pie, ella sintió el contacto suave y cálido y, contradictoriamente, se estremeció. Con cuidado y destreza, él le puso un zapato y luego el otro.

–Ya está, Cenicienta.

Cenicienta. La mente de ella creó el peligroso vínculo entre «el príncipe» y «Raúl» y tuvo que hacer un esfuerzo para hacer que abandonara ese rumbo.

Él pasó la yema del pulgar por la parte superior de su pie, dejando un camino de fuego a su paso mientras le sonreía.

–Ahora puedes echar a correr cuando quieras.

Nada mejor que ese comentario para devolverla de golpe a la realidad y olvidar toda tentación de imaginarse a Raúl como su Príncipe Azul.

–¡No iba a echar a correr! Así que, si tenías la estúpida idea de seguirme con un zapatito, para ver si encajaba, puedes ir olvidándola.

Se preguntó por qué su voz no funcionaba como ella quería. Por qué iba y venía de forma tan peculiar. Además, sentía la necesidad de tragar saliva continuamente. Se dijo que no podía tener nada que ver con el deseo de llorar.

Pero el escozor que sentía tras los párpados narraba otra historia. Y también el que el rostro de Raúl empezara a desdibujarse. Se dijo que no se rendiría a las lágrimas. Tragó saliva, alzó la barbilla y apretó los labios. No había derramado una sola lágrima, pero sentía los ojos ardientes y arenosos. No era una sensación cómoda, pero al menos no se estaba dejando llevar por sus estúpidos e ingenuos sueños.

–Y tú no eres ningún Príncipe Azul. ¿Qué quieres exactamente? Y, por favor, levántate. Estás ridículo, no es como si me estuvieras pidiendo matrimonio ni nada de eso.

–¿Por qué no? –dijo Raúl, asombrándola–. El matrimonio no sería mala idea, al fin y al cabo.

Capítulo 9

QUÉ?
A pesar de que estaba mirándolo desde arriba, eso no le quitaba apostura o fuerza, y la expresión, o más bien carencia de expresión de su rostro, hizo que ella se estremeciera por dentro. Pero no tuvo nada que ver con el estremecimiento sensual de hacía un rato. En ese momento sentía calor y frío al mismo tiempo, como si la atenazara una fiebre terrible.

Y lo que había oído, o creído oír, debía de formar parte del delirio.

—¿Qué… qué has dicho?

—Que el matrimonio no sería una mala idea. De hecho…

Para horror de Alannah, estiró el brazo y agarró su mano; ella, nerviosa e incrédula, no tuvo fuerzas para retirarla a tiempo.

—Alannah, ¿te plantearías casarte conmigo?

Si lo que había oído antes había sido ridículo, eso era imposible. No podía estar ocurriendo. No sólo parecía que Raúl se estaba declarando, además lo estaba haciendo de una manera más tradicional y, algunos dirían, romántica, que la primera vez. Entonces había sido informal, casi con indiferente: «Creo que deberíamos casarnos; ¿qué opinas?». En ese momento estaba arrodillado ante ella.

Pero no hablaba en serio, no podía hablar en serio. Sintió la puñalada de esa cruel ironía mientras intentaba tartamudear algún tipo de respuesta.

–Casar… yo… ¿Por qué iba a querer casarme contigo? ¿Por qué lo preguntas siquiera?

–Yo diría que es obvio.

–¡Para mí no lo es!

Nada era obvio. Nada. No veía ninguna razón para que Raúl de repente empezara a hacerle proposiciones de matrimonio, proposiciones a las que no veía el sentido.

Excepto…

Oh, Dios. El miedo que se introdujo en su mente, frío y serpenteante, llenó su alma de una horrible desolación.

Por supuesto. Raúl no había esperado que siguiera siendo virgen, no había creído que fuera a ser el primero, y encima sin estar casado con ella. Y Raúl era un auténtico aristócrata español, orgulloso hasta la médula e imbuido de altos estándares y un fiero sentido del honor transmitido de generación en generación.

No podía soportar la idea de que la proposición se debiera a su sentido del honor. Que, una vez más, la idea del matrimonio no incluyera ningún sentimiento de amor, sólo una razón pragmática. Ni siquiera podía plantearse aceptar algo así sabiendo que algún día, inevitablemente, él se sentiría atrapado por el acuerdo e incluso podría enamorarse de otra. Entonces, resentido, llegaría a odiarla por interponerse entre él y sus auténticos deseos.

Deseó desesperadamente apartar la mano. A pesar de la calidez de la que la rodeaba, tenía los dedos fríos como el hielo. Pero cuando intentó hacerlo, él apretó con más fuerza, manteniéndola cautiva.

—Pero yo no quiero casarme contigo —consiguió decir con voz cascada, intentando ocultar sus dolorosos pensamientos—. El matrimonio es para la gente que se ama.

—El amor no tiene por qué entrar en juego. ¿Qué me dices del deseo, de la pasión? No puedes negar la pasión que hay entre nosotros.

—No la niego…

Se sentía como si estuviera luchando por su vida. Como si aguas oscuras y profundas amenazaran con cerrarse sobre su cabeza y ella se hundiera más y más.

—Pero no es suficiente para hacer que desee atarme a ti…

—¿Y si lo consideras una forma de cura?

—¿Cura?

A pesar de que intentaba controlar su corazón, Alannah descubrió que éste iniciaba un pequeño baile. Se preguntó si quería decir…

—Nuestras familias han sufrido una terrible pérdida. No sólo en el presente, sino que también una parte de su futuro. Tú has perdido una hermana. Yo he perdido un hermano. Y mi padre y tu madre además han perdido el nieto que anhelaban.

Ella comprendió adónde quería llegar. Debería haberlo adivinado, pero por un momento se había permitido la esperanza, el sueño, de algo distinto. Y por eso la decepción era aún mayor.

—¿Y qué quieres decir con eso?

Raúl soltó un suspiro exasperado. Parecía preguntarse cómo podía ser tan estúpida. Sin duda era obvio...

Lo era, pero aun así ella iba a hacérselo decir. Si le estaba proponiendo matrimonio con el frío y calculado objetivo que ella pensaba, tendría que expresarlo claramente.

—Podemos sanar a nuestras familias, Alannah. No podemos reemplazar lo que han perdido, pero podemos ofrecerles un futuro. Un futuro con la posibilidad de un nieto. Tenemos una manera de darles eso.

Alannah encontró fuerzas suficientes para liberar su mano. No podía soportar que siguiera tocándola.

—¿Nosotros? —gimió.

—Desde luego.

Raúl se levantó de la alfombra y se sentó en el brazo del sillón. El cambio de posición y que él la mirase desde arriba dio un vuelco a la forma en que se sentía. Parecía dominarla e intimidarla con su enorme cuerpo, a pesar de que no mostraba enfado ni intención de utilizar su fuerza contra ella. En ese momento lo que más temía era el poder de su mente. Su despiadada determinación para hacer lo que creía correcto, para seguir el camino que deseaba y arrastrar a los demás con él, quisieran o no.

Se preguntó cómo podía haber olvidado por un momento el orgullo dinástico y el énfasis que ponía su familia en la tradición y la línea de descendencia. Había sido la única razón para que Raúl deseara casarse con ella la primera vez, para dar un heredero a su familia, un nuevo Márquez que se haría cargo de su pequeño imperio.

—¿Quién si no? —preguntó él.

—Podrías encontrar a otra persona. Debe de haber

montones de mujeres que se alegrarían de ser la señora de Márquez. Nunca has tenido problemas para
atraer a las mujeres; en tu vida hubo docenas antes
de conocerme y, a juzgar por los artículos de las re-
vistas, ha habido docenas y docenas después.

–No creas todo lo que leas en la prensa –le espetó
Raúl, frunciendo el ceño–. Si me hubieran interе-
sado, ¿no crees que ya habría elegido a una a estas
alturas? Sólo hay una mujer que yo quiera, y no te
atrevas a preguntar «¿quién?».

–¡Oh, vamos! –tenía el estómago hecho un ama-
sijo de nudos, así que Alannah se puso en pie de un
salto. No podía estar ocurriendo eso. Era imposible.

¿Cómo podía pensar Raúl que aceptaría una proposición tan fría y calculada? La vez anterior al menos había ocultado sus verdaderas intenciones simulando que quería casarse con ella por sí misma. Ella
incluso se había convencido de que no importaba que
nunca le hubiera dicho que la amaba, era obvio
que debía hacerlo para proponerle matrimonio.

Pero después, involuntariamente, había oído
cómo le decía a su padre que había cumplido con su
deber y había encontrado una novia apropiada; que
podría proporcionarle el nieto y heredero que tanto
ansiaba. Entonces había empezado a entender la
verdad. Y cuando lo había retado, él no se había molestado en negarlo.

–¡Claro que quiero un hijo! –había dicho–. ¿Por
qué iba a querer casarme contigo si no fuera así?

–¡Es imposible que quieras casarte conmigo!
–protestó Alannah, volviendo al momento actual–.
Has dicho que me odiabas.

–Y a toda tu familia –Raúl ni siquiera intentó negarlo–. Parecéis llevar la muerte y la destrucción donde quiera que vais. Arruinaste mis posibilidades de darle a mi padre un heredero al abandonarme, y después tu hermano mató a mi hermana y al bebé que crecía en su interior.

–¡No fue culpa suya!

–¡Eso no importa! –Raúl rechazó la indignada protesta con un gesto de la mano.

Después se levantó de golpe, recordándole a Alannah el salto de un leopardo sobre su presa. Instintivamente, dio un par de pasos hacia atrás, alejándose de él.

–¡El resultado final no cambia! Mi hermana está muerta y su bebé con ella.

–Entonces, te repito… ¿por qué? ¿Por qué ibas a querer casarte conmigo o relacionarte con mi familia?

–¡Porque me lo debes! –le lanzó Raúl con ojos oscuros de cólera–. Me debes un hijo. Un heredero. Tu hermano y tú habéis arruinado las posibilidades de mi familia de ver crecer a una nueva generación, que lleve nuestra sangre en sus venas…

–Y que herede el ducado de los Márquez…

–Eso también –Raúl quitó importancia a la débil protesta.

–Pero…, no puedes hacer esto… no puedes querer. Yo no deseo… no te deseo como…

–¡Mentirosa! –fue un siseo, letal como el ataque de una serpiente venenosa.

Después echó la cabeza hacia atrás y soltó una carcajada fría y carente de humor. Una lluvia de dardos de hielo que provocaron un escalofrío a Alannah.

–Sabes que eso no es cierto y nunca lo ha sido. Eso es lo que tenemos a nuestro favor en este asunto, querida… –el «querida» sonó más sarcástico que cariñoso–. No podemos evitar desearnos, nunca hemos podido. Y eso hará que todo resulte fácil y muy placentero.

Alannah lo miró horrorizada, incapaz de creer lo estaba escuchando.

–¡Fácil! –exclamó. No podía decirlo en serio.

–Piénsalo, belleza mía. Desde que nos vimos en el hospital, no hemos podido mantenernos alejados el uno del otro, nunca pudimos y nunca podremos. Yo te deseo y tú me deseas a mí. Nadie me ha inflamado como tú. Y a ti te ocurre lo mismo, no puedes negarlo, eras puro fuego en mis manos, en mi cama, hace muy poco. Quiero más de eso mismo y, si eres honesta, admitirás que tú también.

Alannah no recordaba haberlo visto moverse, pero de repente estaba muy cerca. Lo bastante para extender el brazo y pasar la punta de los dedos por su mejilla. Su mente era un campo de batalla y no podía pensar. Deseó apartarse, alejarse de él, pero su cuerpo no obedecía las órdenes que le daba. Reaccionó al contrario de como ella deseaba, o creía desear, e inclinó el rostro hacia la mano, como un gato que deseara ser acariciado.

Raúl esbozó una sonrisa amable, pero levemente teñida de aire triunfal, que a ella le retorció el alma.

–¿Ves? No puedes negarlo, tu cuerpo no te lo permite. Eres mía. Siempre fuiste mía y siempre lo serás.

Ella hizo acopio de fuerza para luchar contra el malvado hechizo que tejía a su alrededor con esa voz que era como humo perfumado, tóxico y envolvente.

—Eso no va a ocurrir. No puedes pretender que me case contigo… no de esta manera.

Sabía que si lo miraba a los ojos una vez más, él la hipnotizaría y conseguiría que aceptara, quisiera o no. Así que dio un paso hacia la puerta, y luego otro. Él la dejó llegar casi hasta allí antes de hablar.

—¿Vuelves a huir, Alannah?

Las palabras la pincharon, su tono burlón pareció arrancarle la piel a tiras, dejándola dolida, expuesta y vulnerable.

—¡No puedes hacer que me quede! —le lanzó por encima del hombro, sin atreverse a mirarlo—. ¡No puedes obligarme a hacer eso!

—Tal vez no sea necesario. El destino podría haberlo hecho por mí. Piénsalo, ya podrías estar embarazada. No hemos utilizado protección. No tuvimos tiempo, ni presencia de ánimo, para pensar en eso. En este momento podrías llevar dentro un hijo mío.

—Si así fuera, ¿por qué no iba a poder criarlo sola? Miles de mujeres lo hacen todos los días.

—Miles de mujeres lo hacen —aceptó Raúl con serenidad—. Pero no llevan dentro a mi hijo, a mi heredero. Si tienes un hijo mío fuera del matrimonio, lucharé contra ti con todas mis fuerzas.

—¡Pues lucha! Si estoy embarazada, denúnciame, llévame a juicio. ¡No puedes obligarme a casarme contigo!

No podía decir más. Tenía que salir de allí antes de que sus procesos mentales se desintegraran y se transformaran en una espesa neblina. El pomo de la puerta le pareció duro bajo los dedos temblorosos, creyó que no podría girarlo. Pero por fin lo consiguió y salió al pasillo. Las paredes parecían bailar ante sus ojos, haciendo que se sintiera mareada y enferma.

Pero Raúl no había acabado con ella.

–Puedes correr, pero nunca conseguirás huir –dijo su voz desde dentro de la habitación–. Te perseguiré. No puedo dejar que te vayas.

Alannah, mientras forzaba el avance de sus pies, admitió para sí que en ese momento sí estaba escapando. Los latidos desbocados de su corazón, el fragor de la sangre en las sienes le decían lo importante que era eso. Estaba escapando de Raúl, de sí misma, de la verdad.

Porque la verdad era que anhelaba aceptar.

La abrumadora, terrible e innegable verdad era que tenía que enfrentarse a sus auténticos sentimientos. Y eso era algo que había evitado hacer durante días. Desde que ese hombre había vuelto a entrar en su vida.

Se había dicho que lo odiaba. Y después, cuando no había podido mantenerse alejada, cuando se había acostado con él en contra de toda lógica o sentido común, había intentado explicarlo como una necesidad física insoslayable. Una lujuria tan intensa y concentrada que era como un explosivo volátil, sólo había que encender la llama para provocar un incendio.

Y ella había estado en el centro de esa explosión, ardiendo y llameando. Allí era donde había deseado estar, donde necesitaba estar. Ese lugar al que pertenecía en cuerpo y alma.

Seguía amando a Raúl con todo su corazón y

nada de lo ocurrido en los últimos dos años había podido con ese amor. Dudaba que hubiera algo que pudiera con él.

Tenía que admitir que ésa era la razón de que estuviera allí. Había utilizado el teléfono móvil como excusa para volver a verlo. Podría haberlo enviado por correo, o llamarle para que enviara a Carlos a recogerlo a su piso. Pero no, había decidido llevarlo en persona porque en realidad quería verlo por más que lo negara.

«Podemos sanar a nuestras familias, Alannah».

La voz de Raúl resonó en el interior de su cabeza, aún más devastadora porque ella sabía que decía la verdad. Eso ayudaría a su madre, incluso podría salvarle la vida. El pensar en un futuro, en la posible llegada de una nueva vida a ese mundo teñido de pérdida y tragedia le daría algo por lo que vivir. Y tendría el mismo efecto en el padre de Raúl, el anciano al que tanto cariño llegó a tener en el poco tiempo que se relacionó con él.

Además, ¿y si estaba embarazada?

Alannah se rodeó el cuerpo con los brazos al pensarlo. Sus pasos se ralentizaron y luego se detuvieron. Podía llevar dentro un hijo de Raúl.

La súbita oleada de júbilo que estalló en su interior contó su propia historia. Quería llevar dentro un hijo suyo. Anhelaba que fuera verdad. Amaba tanto a ese hombre que siempre había soñado con la idea de estar embarazada de él.

Embarazada de su hijo y casada con él.

¿Cómo podía plantarse el matrimonio sabiendo que él sólo se casaría con el fin de conseguir ese hijo que tanto anhelaba? El deseado heredero y también la pasión abrasadora que se encendía entre ellos con una caricia, una mirada. Esa pasión era innegable.

No estaba segura de que eso fuera suficiente, de que una relación pudiera perdurar cuando una de las personas amaba y la otra sólo deseaba.

Sin pensarlo, se había dado la vuelta y estaba mirando hacia la puerta de la suite de Raúl, aún abierta. Por lo visto, inconscientemente, ya había tomado una decisión.

Él sólo la quería por pasión y para que le diera un hijo. Al menos esa vez, estaba muy claro. Él había sido franco. Si ella lo amaba a él y a su hijo, y él amaba a su hijo, sería suficiente.

Tendría que ser suficiente, porque no podía soportar la idea de la alternativa. No podía enfrentarse a una vida y un futuro si Raúl.

Recordó lo que él había dicho: «Puedes correr, pero nunca conseguirás huir. Te perseguiré. No puedo dejar que te vayas».

Había admitido que no podía dejar que se fuera. Y ella tendría que conformarse con eso.

Regresó lentamente, sabiendo que Raúl tenía razón, que por más que huyera acabaría volviendo a él. Estaba a merced de su amor, un amor con el que no podía vivir, porque era tan esencial como el latir de su corazón. Sin Raúl sólo era media persona y, sin embargo, con él nunca estaría completa del todo, la parte de sí misma que anhelaba su amor siempre se sentiría vacía, como una herida abierta y sangrante. Pero si lo dejaba, toda su vida sería así.

Lo había hecho una vez y había sobrevivido a duras penas. Había pasado dos años intentando olvidarlo sin conseguirlo. Por eso había caído en sus brazos en cuanto reapareció en su vida. No podía volver a pasar por la tortura de abandonarlo otra vez, sería equivalente a un suicidio emocional.

Si tenía que elegir entre dos males, prefería saber que Raúl no la amaba a la desolación de saber que no volvería a verlo nunca.

Había creído que ya nada podría conmocionarla emocionalmente. Pero lo terrible fue que, cuando entró en la habitación, Raúl seguía exactamente donde lo había dejado. Con los brazos cruzados sobre el pecho, esperando.

No se había molestado en dar un paso tras ella. Había estado seguro de que volvería. De que tendría que volver y aceptar sus términos.

Y se había limitado a esperar a que lo hiciera.

Capítulo 10

«CUATRO meses y ni rastro de un bebé».

Alannah suspiró mientras miraba por la ventana desde el palacio de Alcántara, con el pensamiento perdido y sin ver la dramática silueta de las montañas de Guadarrama que se alzaban en el horizonte, más allá de los viñedos que proporcionaban a la familia Márquez gran parte de su riqueza. Cuando había llegado al enorme y antiguo palacio que era el hogar de la familia de Raúl, la cima de esas montañas había estado cubierta de nieves. Pero, con el paso del tiempo, el sol había adquirido más fuerza y la nieve se había ido derritiendo hasta desaparecer.

Igual que la nieve, los terribles días de principios de primavera, cuando el accidente de coche había devuelto a Raúl a su vida, empezaban a perderse en el pasado y el tiempo empezaba a difuminar el recuerdo de la terrible y devastadora pérdida. Había aprendido a moverse en la vida de nuevo. Incluso su madre parecía haber encontrado la manera de vivir dejando a un lado el hueco que Chris había ocupado.

«Podemos sanar a nuestras familias, Alannah».

Una vez más, las palabras de Raúl resonaron en su cabeza y admitió para sí qué él había tenido razón.

Desde el momento que le había dicho a su madre que Raúl le había pedido matrimonio y que pensaban casarse cuanto antes e ir en busca de un bebé, una chispa de luz parecía haber prendido en el corazón de Helena. Seguía llorando por su adorado hijo, pero tenía una nueva razón para vivir, para levantarse cada día, y le había dado la bienvenida con los brazos abiertos.

Igual que había hecho Matías, el padre de Raúl. Cuando Alannah llegó al palacio tras dos años de ausencia, se había quedado atónita por cómo lo habían envejecido el paso del tiempo y la reciente tragedia; parecía frágil, inseguro sobre las piernas y sus ojos estaban nublados de dolor. Casi había llorado cuando Raúl le había dicho que esperaba darle un nieto que acunar en cuanto la naturaleza lo permitiera. Al ver el brillo de las lágrimas en sus ojos, Alannah había sabido que, aunque sólo fuera por el significado que daba su matrimonio a la vida de esas dos personas envejecidas, tristes y solitarias, había tomado la decisión correcta.

Y si con ella además podía llenar su vida con el deleite agridulce de tener a Raúl a su lado todos los días, de compartir su cama por las noches y acabar y empezar el día viendo su rostro, sería suficiente. Tomaría lo que él le ofrecía sin pedir más.

O, más bien, intentaría no pedir más.

Pero en el fondo de su corazón sabía que aún anhelaba algo. No el amor de Raúl. No era tan tonta como para soñar con eso. Pero él se había casado con ella para tener un hijo, el esperado nieto de los padres de ambos. El heredero del ducado de los Márquez.

«Podemos sanar a nuestras familias, Alannah. No podemos reemplazar lo que han perdido, pero podemos ofrecerles un futuro. Un futuro con la posibilidad de un nieto».

Pero habían pasado cuatro meses y no había señas de ese bebé en el que se basaba el matrimonio.

Ni tampoco rastro de ese matrimonio.

Sintió como si una pequeña mano helada le apretara el corazón. Cuatro meses antes Raúl había sido todo fuego e impaciencia, parecía empeñado en celebrar la boda en unos días. Pero claro, entonces lo azuzaba la posibilidad de haberla dejado embarazada.

Ella había deseado estarlo.

Pero su sueño no se cumplió. No había bebé.

—No esta vez —había dicho Raúl, con calma inesperada, cuando se lo dijo—. Pero habría sido casi un milagro que ocurriese a la primera. Tenemos tiempo. Y disfrutaremos intentándolo de nuevo.

Alannah suspiró de nuevo y pasó el dedo por el alféizar de piedra de la ventana, sintiendo el calor del sol en la piel.

No estaba segura de que «disfrutar» fuera la palabra adecuada.

No había duda de que había alcanzado todas las cimas del placer en la cama y en los brazos de Raúl. Un placer que no había creído posible. Y sabía que el deseo sexual de Raúl por ella era tan intenso y urgente como el primer día. No mostraba ningún atisbo de aburrimiento o indiferencia ahora que pasaba todas las noches en su cama. Pero tampoco demostraba sentir nada más. Le decía que era bellísima, murmuraba seductores cumplidos en su oído cuando yacía bajo él, entregándose con deseo.

Pero nunca decía una palabra de amor.

Así que el placer que ella disfrutaba, siempre iba de la mano de la sensación de estar en el filo de la navaja. Cada vez que hacía el amor con Raúl se ataba más a él, hasta límites insospechados. Le había entregado su corazón desde el principio, pero ahora parecía poseerla por completo, en cuerpo y alma, y sin él se sentiría como una concha vacía. Sin embargo, él le hacía el amor para «intentarlo de nuevo». Era cierto que la deseaba, pero el pensamiento del bebé que iban a crear nunca abandonaba su mente.

Y de momento no había rastro de ese bebé.

Ni tampoco de boda.

Para ella, eso demostraba que Raúl sólo le había prometido una cosa a condición de la otra. Sin bebé no habría boda. No necesitaba decirlo. Estaba claro como el agua.

Se pasó el dorso de la mano por los ojos para limpiarse las amargas lágrimas que no se atrevía a derramar. Temía que, si empezaba a llorar, no podría parar, y cuando Raúl regresara de Madrid, donde había ido a pasar el día, la encontraría con los ojos rojos y los párpados hinchados y exigiría que explicase la razón de sus lágrimas.

Y ella nunca sería capaz de decírselo.

Cuatro meses y ni rastro de bebé. Raúl entró al amplio patio de piedra que había ante el palacio y pisó el freno. Cuatro meses en los que el propósito de la boda había estado en suspenso, sin producirse. Cuatro meses sin indicio del muy necesitado heredero de la dinastía Márquez.

Y era obvio que Alannah empezaba a ponerse nerviosa.

Siempre parecía estar tensa, era incapaz de mantener una conversación con él y no lo miraba a los ojos si le hablaba. A menudo buscaba excusas para no estar en la misma habitación que él. Sólo se comunicaban de verdad en la cama. Allí no necesitaban palabras. Tenían el vínculo sencillo, directo y carente de complicaciones de la pasión sexual que compartían y los unía en un ser perfecto. La satisfacción que conseguían, todas y cada una de las veces, era inconmensurable.

En la cama todo era perfecto. ¿O no?

Bajó del coche, abrió la puerta trasera y sacó el enorme ramo de rosas que había sobre el asiento. Cerró el coche con el control remoto y fue hacia la enorme puerta en arco del palacio, con expresión sombría y el ceño fruncido.

En la cama todo era maravilloso, pero ¿perfecto? Tal vez Alannah fuera tan entregada y ardiente porque estaba desesperada por crear ese bebé que tanto significaría para su madre. Ese bebé que era la única razón de que estuvieran juntos.

Raúl, mientras subía los escalones de piedra que llevaban a la entrada, admitió que su padre también empezaba a ponerse nervioso. Matías anhelaba saber cuándo llegaría ese nieto que tanto deseaba. Y cada mes, cuando le respondía: «Aún no, padre...», movía la cabeza y mascullaba entre dientes.

Y tanto Matías como la madre de Alannah querían saber cuándo se celebraría la boda. Y por qué no habían fijado fecha aún y qué planes tenían.

Lo cierto era que no tenían ninguno. Raúl empezó a subir la escalera que llevaba a su dormitorio. Alannah no había dado muestras de interés por la ceremonia; parecía conforme con las cosas como estaban. Y lo cierto era que él también lo estaba. Más contento de lo que había estado en años. Tenía a la mujer que deseaba en su casa. Estaba allí cada día cuando regresaba y en su cama cada noche.

De hecho, si no fuera por la edad de su padre, habría sido feliz esperando tranquilamente a que el bebé llegara cuando lo dictase la naturaleza.

Pero Alannah había accedido a tener ese bebé por lo que significaría para su madre y para Matías. Era la única razón de que estuviera allí. Y era obvio que empezaba a inquietarla que no llegara a suceder.

Estaba junto a la ventana cuando entró a la habitación, apoyada en el dintel de piedra mirando hacia las montañas; tan absorta que no le había oído llegar. Aprovechó para contemplarla un momento, volviendo a pensar que su belleza única lo asaltaba cada vez que la veía.

Llevaba un vestido verde azulado suelto, con un estampado abstracto que le hizo pensar en las profundidades del mar cuando el sol y las sombras se mezclaban. Estaba descalza y golpeaba rítmicamente el suelo con los dedos de un pie; aparte de eso, estaba tan inmóvil como una estatua de mármol. Su piel era lo bastante pálida para parecerlo, pero no existía mármol con el glorioso y rico color de la cabellera que enmarcaba su rostro y caía hasta sus hombros, agitándose suavemente con la brisa. Deseó enterrar los dedos en esos sedosos mechones rojo y oro, sentirlos deslizarse por la palma de su mano, inhalar su aroma y llevárselos a los labios.

Su postura hacía que sus senos se apretaran contra los brazos cruzados y se le secó la boca al ver las pálidas y sensuales curvas que mostraba el escote de su vestido. No habían pasado ni siquiera siete horas desde la mañana, cuando se había obligado a salir de la cama tras hacerle el amor con lentitud y sensualidad, y su cuerpo ya tenía tanta hambre de ella como si hubieran estado separados siete días, o siete meses.

—¿Raúl?

Algún movimiento debía de haber captado su atención, porque ella giró la cabeza y lo vio en el umbral.

—Vuelves temprano.

A juzgar por el tono de su voz, eso no parecía complacerla. Prefería estar sola y que no la molestara con su presencia; sin embargo era la mujer que no parecía cansarse nunca de él en la cama.

Se preguntó qué había ocurrido para convertir a la dulce e inocente mujer de espíritu libre de tres años antes en esa criatura retraída y extrañamente distante. Era como si siempre se reservara algo, y él no tenía ni idea de qué podía ser ese «algo».

—No te esperaba aún.

—Buenas tardes, Alannah —moduló el tono de su voz para que ella no captara sus pensamientos. Entró y depósito un beso rápido en sus labios, acariciando su mejilla con la mano que tenía libre.

—No podía seguir lejos de ti. Te echaba de menos.

—¿De menos? —repitió ella con escepticismo—. Sólo llevas fuera unas horas.

—Horas en las que sólo he podido pensar en lo preciosa que estabas cuando te dejé esta mañana, tumbada en mi cama con el pelo desparramado sobre la almohada y la piel resplandeciente tras hacer el amor. No he podido concentrarme en ninguna de las reuniones y he vuelto conduciendo como un loco. Sólo me detuve para comprar esto.

–¿Flores?

Alannah miró el enorme ramo de rosas que le ofrecía. Al mismo tiempo que su corazón daba un brinco de alegría al pensar que le había comprado flores, sentía una puñalada en ese mismo corazón al repetirse lo que había dicho.

«... sólo he podido pensar en lo preciosa que estabas cuando te dejé esta mañana, tumbada en mi cama con el pelo desparramado sobre la almohada y la piel resplandeciente después de que te hiciera el amor».

Ese «preciosa» debería haberla halagado, pero él no escondía cuánto lo atraía; cuánto la deseaba. Y seguía pensando en ella en términos puramente sexuales, y en cómo le había hecho el amor cuando se despertó en sus brazos esa mañana.

Términos sexuales y muy posesivos: «en *mi* cama... después de que *te* hiciera el amor». Podía haberle pedido que se casara con él, pero seguía pensando en ella como en una amante. Una amante que estaba allí para darle placer al final del día, calentar su cama y atender sus necesidades. Una amante de la que podía librarse en cualquier momento, si se cansaba de ella. Si no cumplía los términos del pacto.

Sólo sería su esposa cuando cumpliera su parte del trato. Cuando se quedara embarazada del bebé que él quería, sólo entonces sellaría el acuerdo con una alianza matrimonial.

Miró sus ojos color bronce y no pudo evitar desear ser realmente la mujer que él quería como esposa. Si lo fuera, entonces sería muy especial para ella que volviera pronto a casa. Sentiría júbilo al verlo, podría correr a sus brazos y darle un beso de bienvenida. Susurrarle su amor al oído…

En realidad, *estaba* encantada de verlo. Pero todo lo demás interfería, le impedía comportarse como habría deseado. Así que esbozó una sonrisa de agradecimiento cortés.

—¿Por qué me has traído flores?

—¿Necesito una razón para traer flores a mi… para traerte flores?

Fue un titubeo diminuto, pero ella lo captó. Y como había estado pensando precisamente en eso, los nervios de ella se tensaron al límite.

Raúl no sabía cómo llamarla. Términos como esposa o novia no encajaban. Ni siquiera era su prometida, aunque en la mano izquierda lucía el anillo que él había insistido en regalarle como parte del plan para ayudar a sus dolidos padres. Las expresiones cariñosas como «mi cielo», o «mi vida», a él ni se le pasarían por la cabeza.

Ella se preguntó cómo pensaría en ella. Quizá había acertado antes al pensar en «amante». Sí, Raúl podría llevarle flores a su amante. A la amante que había dejado en la cama esa mañana, a quien había hecho el amor antes de salir de casa y a quien esperaba hacer el amor de nuevo lo antes posible.

—No.

Sintió el pinchazo de un cuchillo cruel que le atravesaba el alma al obligarse a aceptar la verdad. Por mucho que Raúl lo llamara hacer el amor, aunque ella misma lo describía así, por muchas veces que lo hicieran y por mucho placer que se dieran el uno al otro, nunca era hacer el amor. Faltaba algún elemento vital, había un desequilibrio que ponía todo el peso del amor en su platillo de la balanza y dejaba el de Raúl flotando en el aire. Eso convertía lo que hacían con tanta frecuencia y placer en «practicar el sexo», en vez de en la maravilla de hacer el amor.

–¿No? –repitió él–. ¿No necesito una razón... o no quieres las flores?

Ella tardó un momento en comprender que, sumida en sus pensamientos, había dicho «no» en voz alta y que Raúl había creído que se refería a las flores.

–No, claro que no necesitas una excusa para traerme flores. Gracias –dijo rápidamente, para no tener que explicar sus pensamientos.

Cuando se acercó para darle un beso de gratitud en la mejilla captó un destello extraño en sus ojos, algo nuevo e incomprensible para ella. Pero no tuvo tiempo de intentar descifrarlo, porque cuando acercó los labios a su mandíbula, Raúl giró la cabeza y le ofreció su boca.

Su boca cálida, hambrienta y exigente.

Fue como si una cerilla cayera sobre astillas secas, y se alzó una llama instantánea y salvaje, que arrasaba con todo pensamiento y sólo dejaba lugar para el anhelo y el deseo.

Raúl dejó caer el ramo sobre una silla y, con las manos ya libres, la atrajo hacía él y atrapó su boca con un beso ardiente y devorador.

Alannah abrió los labios, invitándolo a profundizar, cosa que él hizo sin dudarlo un segundo. Invadió su boca provocando el habitual torbellino de sensaciones y necesidades que hacían que ella perdiera todo contacto con la realidad. Se agarró a su cuello y se entregó, incluyendo en su respuesta toda la soledad, la sensación de pérdida y desesperación que había sentido a lo largo del día.

Y la sorprendió encontrarse con algo que en cualquier otro hombre habría descrito como reacción idéntica a la suya. Había algo nuevo y desgarrado en el beso de Raúl, una nueva urgencia en la caricia de sus manos. Era como si hubiera estado lejos de ella durante días, semanas... en vez de unas pocas horas.

La alzó en brazos y la llevó a la cama, de alguna manera se libraron de la ropa y en ningún momento sus bocas se separaron, parecían consumidos por un hambre devoradora, primitiva e indescriptible, más allá del pensamiento, rendidos a las sensaciones.

Su unión fue rápida y furiosa, una tormenta de pasión y ardiente deseo. Sin embargo, fueron los mejores momentos que había vivido con ese hombre, la vez que él más se había acercado a lo que ella habría llamado hacer el amor. A diferencia del sexo largo y lento de esa mañana, cuando había satisfecho todas sus necesidades sensuales y también las de ella, esta vez había algo distinto, desgarrado. Algo que ella no había percibido antes y no entendía. Pero sí sabía lo que le hizo sentir, cómo la arrancó de la realidad y la llevó a otro mundo, gritando su nombre con un rugido de plenitud cuando todo pareció explotar a su alrededor, rompiéndose en diminutos pedazos que sabía que nunca sería capaz de recomponer.

Era casi como si…

No fue capaz de completar la idea. Su mente tardó más de lo habitual en aclararse, en regresar de ese otro mundo en el que no existía el pensamiento.

«Era casi como si…», recordó haber pensado. «Casi como si…» él hubiera comprendido por fin cuánto le importaba ella.

Se dijo que eso debía de ser un delirio mental. El tipo de fantasía que su mente creaba en la cima del éxtasis, cuando tenía la sensación de que sus sueños podían hacerse realidad. Pero había vuelto al mundo real y en él se veían las cosas de otra manera.

«Era casi como si hubiera decidido que habían llegado al final». Que había esperado suficiente, y como las cosas no iban como había planificado, iba a poner fin al acuerdo.

Tras un momento de gloriosa fantasía, la cruel decepción fue como sentir que unas garras le hacían jirones el corazón. Lo peor de todo era que no podía expresar su sentimiento, no podía admitir ante Raúl que había sido tan estúpida como para creer…

—¿Qué ocurre? —Raúl había percibido su distanciamiento, el cambio de humor que había hecho que se tensara, en vez de acurrucarse contra él—. ¿Qué es lo que va mal ahora?

—Me preguntaba cuánto más duraría esto. Cuándo acabará —dijo ella, sin medir sus palabras. Notó que él se tensaba a su lado como un animal salvaje que presintiera la llegada de un invasor en su territorio.

—¿Quién ha dicho que tenga que acabar? —se incorporó sobre un codo y apoyó la cabeza en la mano.

Alannah sabía que la miraba, pero se negó a encontrarse con sus ojos y mantuvo la vista fija en el techo.

—Ambos sabemos que acabará en algún momento... no hay nada que nos mantenga unidos, está claro. Sólo soy un vientre que has alquilado durante nueve meses, y cuando hayas terminado...

—Cuando haya terminado, ¿qué? —murmuró Raúl con ironía—. ¿Crees que cuando haya terminado te rechazaré como una cáscara vacía, tras haber disfrutado de la nuez que había dentro y haberme saciado con ella?

Eso era lo que más temía ella, así que no se atrevió a contestar. Le lanzó una mirada furiosa pero sin enfocar los ojos, temerosa de lo que vería en su rostro. Aunque supiera que decía la verdad, no quería verla expresada en los ojos de él.

—No puedo saberlo, ¿verdad? No sé qué pasa por esa cabeza tuya. ¿Por qué no me cuentas qué has planeado?

—Lo que he planeado...

Raúl se levantó de la cama, fue hacia la ventana miró el horizonte, como hacía Alannah cuando él llegó. Viéndolo de espaldas a ella con la piel húmeda de sudor, sintió que el pánico le atenazaba el corazón y deseó poder retirar la pregunta.

—Lo que he planeado es una boda.

Era lo último que ella esperaba oír, y las palabras dieron vueltas en su cabeza, sin sentido.

Se preguntó por qué decía eso y por qué en ese momento, cuando no había indicios de ese bebé por el cual quería casarse.

Él se dio la vuelta, agarró el ramo de rosas de la

silla y lo lanzó hacia ella con ira, sin preocuparse del daño que eso causaría a los delicados pétalos.

–Por eso compré las flores. Hoy, en Madrid, finalicé los preparativos. Todo está organizado y sólo tienes que elegir el vestido y venir a la iglesia el día previsto.

–¿Y cuándo es el día previsto? –tartamudeó Alannah, incapaz de creer lo que estaba oyendo. Él había organizado una boda. Iba a casarse con ella. Aunque no hubiera ningún bebé en camino.

–El catorce –contestó Raúl, asombrándola aún más–. Sólo te quedan dos semanas antes de convertirte en la señora de Raúl Márquez.

Capítulo 11

EL AIRE nocturno estaba inmóvil y caliente tras un tórrido día. Alannah paseaba por los jardines del castillo consciente de que, por tarde que fuera, no tenía sentido volver a su habitación. Le sería imposible dormirse esa noche.

—Descansa mucho, cariño —le había aconsejado su madre, antes de darle un beso de buenas noches—. Mañana debes estar resplandeciente.

Pero Alannah sabía que le sería imposible descansar, y en cuanto a estar resplandeciente para su boda… aún no había llegado a una decisión al respecto. Por eso estaba paseando por los jardines iluminados por la luna, intentando aclararse. Además, tenía la sospecha de que, si volvía a su habitación y se acostaba, en cuanto apagase la luz empezarían las lágrimas y temía ser incapaz de detenerlas.

El día siguiente era el día de su boda. En menos de catorce horas debería estar peinada, maquillada y vestida con el bonito y delicado vestido que un diseñador mundialmente famoso había creado para ella en un tiempo récord, y lista para subir a la limusina que la llevaría a la enorme catedral de León, donde Raúl la esperaba para hacerla su esposa.

Y ése era el problema.

¿Cómo podía casarse con Raúl sabiendo que él no la amaba?

Él habría contestado que por el bebé. Pero esa misma mañana había vuelto a tener una prueba irrefutable de que su cuerpo le había fallado. El familiar dolor en la zona baja del vientre había sido seguido, con crueldad inevitable, por la llegada de su periodo.

Una vez más, acababa su esperanza de un bebé nueve meses después. Y sin esa esperanza no se sentía segura de poder seguir adelante con la ceremonia que la convertiría en esposa de Raúl, de decir unos votos que quería cumplir, sabiendo que él no sentía lo mismo que ella.

Se había dicho que podía hacerlo, que lo soportaría. Pero llegado el momento, el torbellino salvaje y aterrorizado de su mente clamaba que no era así, no era capaz.

No se había atrevido a decírselo a él. Le había permitido que trasladara sus cosas a otro dormitorio por esa noche, en deferencia a la supersticiosa creencia de su madre: daba mala suerte que el novio viera a la novia antes de la boda. Así que había aceptado su beso de buenas noches con una ecuanimidad que estaba lejos de sentir, sin atreverse a confesarle lo que le rondaba la cabeza.

Faltaba poco para la medianoche y en el palacio todos dormían, soñando con la ceremonia, mientras ella paseaba sola y acongojada en la oscuridad, sabiendo que daba igual que Raúl la viera antes de la boda o no, su matrimonio estaba gafado por la mala suerte antes de empezar.

–¿Tú tampoco podías dormir?

La voz grave, masculina y familiar que pareció llegar de ningún sitio, la sobresaltó.

–¿Quién? –giró y escrutó la oscuridad, sin ver a quien había hablado–. ¿Raúl?

–Aquí.

Una sombra vaga y casi invisible se desgajó de la de un alto árbol. El cabello oscuro y la ropa negra de Raúl se fundían con la oscuridad de la noche. Pero la luna iluminó su rostro un segundo, haciéndolo visible.

–¿Qué estás haciendo aquí?

Raúl notó que su voz temblaba y se preguntó por qué. Era imposible adivinar lo que sentía y su rostro, pálido bajo la luna, no desvelaba nada.

Nada excepto que estaba desconcertada por verlo allí. Y eso era lógico. Se habían despedido una hora antes y ella debía de suponer que estaba en la cama. Durmiendo o tan absorto en sus preparativos para el día siguiente que nunca sabría que ella había salido a dar un paseo nocturno.

–He venido a buscarte.

–Pero… –Alannah se pasó una mano por el pelo, y él tendría que haber estado ciego para no ver cómo temblaba, el esfuerzo que estaba realizando ella para controlar su reacción.

Se preguntó si estaba así por él o a causa de los planes que estuviera haciendo. Cualesquiera que fueran.

Tocó el bolsillo de sus vaqueros, donde guardaba un papel doblado. Ella no sabía que estaba en su posesión y no iba a decírselo, no hasta hacerse una idea mejor de lo que estaba pasando por su linda cabecita.

–¿Por qué… cómo has sabido que estaba aquí? –consiguió decir Alannah, que sentía la lengua como si fuera de trapo.

Él se preguntó si no sabía hasta qué punto se estaba descubriendo, demostrando que algo iba muy mal.

Y él no sabía qué. Una parte de él deseaba exigirle que se lo dijera de inmediato, antes de volverse loco de impaciencia. Pero otra, más racional, le advertía que esperase, que se tomara su tiempo y no la obligara a decir algo que tal vez no quería oír.

–Fui a tu dormitorio. Quería hablar contigo, pero como tu madre había impuesto toque de queda, no pude hacerlo hasta que se acostó –consiguió imprimir a su voz un toque liviano que estaba lejos de sentir, pero vio que eso hacía que ella se relajara un poco y aflojara los dedos.

–¿De qué querías hablar?

–Vamos a pasear un poco antes. Quiero enseñarte algo.

Ella lo siguió por el sendero, caminando a su lado pero manteniendo la distancia suficiente para que a él no le resultara fácil agarrar su mano si decidía hacerlo. Él decidió no darle importancia de momento, no hasta descubrir más datos. Una vez más, sus dedos acariciaron el papel que llevaba en el bolsillo.

–¿Dónde vamos? –sonó tensa, más que antes, aunque estaba esforzándose para que no se notara en su voz.

–No muy lejos. De hecho, hemos llegado.

–¿Aquí? –dijo ella con asombro. Él vio que miraba a su alrededor buscando la razón de que estuvieran allí–. ¿Qué…?

Raúl alzó un pie y apoyó la bota en el tronco hueco de un árbol caído que había a un lado del sendero.

—Aquí. Quería enseñarte mi sitio especial. Aquí solía venir cuando era niño… sigo haciéndolo. Y aquí me escondía cuando las cosas iban mal.

Se agachó y miró dentro del tronco hueco.

—Lo creas o no, hubo un tiempo en que cabía ahí dentro. No me gustaría intentarlo ahora.

Observó las emociones que surcaron el rostro de ella, inquietud que se convirtió en ironía, comprensión y, finalmente, inseguridad. Y ése fue el sentimiento que prevalecía cuando él se enderezó.

—Me escondí ahí cuando vinieron a decirme que Rodrigo había muerto.

Ella había estado a punto de hablar, pero se quedó muda. Abrió la boca dos veces y volvió a cerrarla sin emitir sonido alguno. Él sabía qué quería preguntar.

—Era mi hermano.

Eso provocó un gemido incrédulo.

—No lo sabía.

—Mi padrino quería que nadie hablara de él. Cuando lo perdimos, fue como si nunca hubiera existido. Tuvo meningitis y nadie se dio cuenta a tiempo. Sólo estuvo enfermo un par de días.

—¿Cuántos años tenía?

—Seis. Y yo tenía cuatro.

—¡Eras el hermano menor! Pero yo creía…

—Creías que siempre había sido el heredero de todo esto… —una mano morena señaló el terreno que los rodeaba y el palacio en la distancia—. Pero no. Era el segundón, hasta que Rodrigo murió. Entonces asumí su papel, y siempre me educaron para pensar que mi obligación era proporcionar otro heredero…

Había tenido la esperanza de que eso la ayudara a entender, pero en ningún momento la reacción que obtuvo. Alannah se llevó las manos al rostro y se dio la vuelta apesadumbrada.

–¡Oh, no! ¡No! Eso no ocurrirá. No puedo seguir adelante, ¡no puedo! Raúl, no voy a casarme contigo.

Era tan malo como él había pensado. Peor. Lo había temido desde que llegó a su dormitorio y lo encontró vacío. Luego había visto la hoja de papel sobre el escritorio. Y su nombre encabezándola.

«Querido Raúl… Lo siento…».

–De acuerdo –se obligó a decirlo con tono sereno y casi indiferente. No quería ponerle a ella las cosas más difíciles de lo que ya eran.

Él había sabido lo que se avecinaba y podía manejarlo, de momento. Después, cuando ella se marchara, porque era obvio que iba a irse…

–¿De acuerdo?

Alannah no podía creer lo que había oído. Se sintió como si fuera a explotarle el corazón de dolor por la indiferencia que demostraba Raúl. Le había dicho que no iba a casarse con él, que no podía hacerlo y se limitaba a decir: «De acuerdo».

Siempre había sabido que no la amaba, pero había pensado que su deseo por ella se merecía algo más que eso. Su deseo por ella y su deseo de un heredero, que por fin entendía mucho mejor, deberían haberlo llevado a protestar al menos. O a ordenarle que se quedara, o amenazarla con no dejarla marchar, como ya había hecho en otra ocasión.

Rememoró sus palabras de entonces:

«Puedes correr, pero nunca conseguirás huir. Te perseguiré. No puedo dejar que te vayas».

No había dicho que no fuera a dejarla marchar, sino que *no podía* hacerlo.

Fue como si alguien hubiera insertado cables nuevos en su cerebro y empezó a recordar, hacer conexiones, ver cosas que no había visto.

Había vuelto a oír el tono de voz de aquella vez. Hacía dos semanas, en su dormitorio. El día que él le había llevado las rosas.

—Raúl —dijo, aún pensando, aún analizando—, ¿por qué pensaste que debías comprarme rosas?

Había pensado que tal vez él no entendería de qué hablaba, pero él no titubeó más de un segundo.

—Porque iba a decirte que había organizado la boda. Y no pensé que *debía*, quería comprártelas.

—Nunca antes me habías comprado flores.

—Lo sé.

Metió las manos en los bolsillos y caminó hasta el otro extremo del tronco con los hombros caídos, como si cargara con un gran peso. Después giró y la miró. A la luz de la luna, su rostro estaba pálido y con expresión defensiva.

—De eso se trataba, precisamente. Quería volver a empezar. Declararme otra vez desde el principio. Arrodillarme si hacía falta, darte las flores…

Vio algo en el rostro de Alannah que lo alertó sobre lo que estaba admitiendo. Calló y apretó los labios.

–¡Raúl, por favor! ¡No te detengas ahí! ¡Empezaba a ponerse interesante!

–No –fue un gruñido sordo y airado, pero ella decidió que podía permitirse el riesgo de ignorarlo. Si se equivocaba, tampoco tenía nada que perder. Pero si acertaba, lo ganaría todo.

–¡Sí! –afirmó, rezando por sonar más convencida de lo que estaba en realidad.

Fue rápidamente hacia él, agarró su mano e hizo que ambos se sentaran sobre el tronco.

–Sí. Tienes que decirme lo que ibas a decir. Es importante.

Se preguntó si era el efecto de la luna y si realmente había en sus ojos unas intensas sombras que no había visto antes. Sólo podía esperar y rezar porque estuvieran allí y significaran lo que ella creía.

–Ibas a ponerte de rodillas… –apuntó, al ver que él seguía en silencio.

De repente, el pareció tomar una decisión. Alzó los hombros y empezó a hablar. Despacio al principio, pero aumentando de ritmo hasta que las palabras salieron de su boca a borbotones.

–Iba a volver a pedirte que te casaras conmigo…, pero bien. Me habría arrodillado si hacía falta, te habría suplicado si era lo que querías.

–Por… –inició Alannah. Pero él negó bruscamente con la cabeza y ella calló, consciente de que lo que iba a decir era de una importancia vital.

–No sólo por el bebé y por nuestras familias, por mí: porque no puedo vivir sin ti. Te amo, siempre te he amado, desde el principio. Incluso cuando pensé que te odiaba por abandonarme, sabía que no era verdad. Seguía siendo amor, pero un amor roto y retorcido. No quería que siguieras creyendo que sólo te quería por el sexo o para darle a mi padre un heredero. Es porque te quiero aquí a mi lado, el resto de mi vida.

Alannah pensó que no podía ser consciente de la fuerza con la que apretaba su mano. Le estaba destrozando los dedos. Pero agradecía la inconveniencia, porque demostraba la emoción que lo atenazaba.

—Y yo lo estropeé poniéndome en contra tuya... diciéndote que creía que sólo deseabas... —no pudo acabar la frase, pero supo que Raúl no necesitaba que lo hiciera.

—Esa vez no funcionó, pero pensé que no importaba... iba a casarme contigo de todas formas. Y pensé que podía esperar un par de semanas y decírtelo cuando fueras mi esposa. Pero esta noche descubrí que no podía ponerte un anillo en el dedo, ante el altar, sin saber por qué te casabas conmigo. Necesitaba saberlo. Así que fui a tu dormitorio... —suspiró y se pasó la mano libre por el pelo.

De repente, Alannah comprendió lo ocurrido. Había empezado a escribirle una nota explicándole cómo se sentía, que creía que debía cancelar la boda, pero después, sabiendo que sería una cobardía decírselo por escrito, la había dejado a medias y había salido al jardín para reunir el coraje de decírselo cara a cara. Y allí la había encontrado Raúl.

—Viste la carta.

Él asintió en silencio y sacó la hoja doblada del bolsillo. La abrió y la puso sobre su rodilla.

—«Querido Raúl, lo siento...» —leyó en voz alta, con voz dolida y cascada que atravesó el corazón de ella como una flecha.

–«Temo que nunca podré darte un hijo» –musitó ella en voz tan baja que él tuvo que acercar la cabeza para escucharla. Apoyó la frente en la de ella y vio sus ojos llenos de lágrimas–. «Llevamos unos meses intentándolo y hoy… esta vez tampoco ha ocurrido…» –acabó ella con un sollozo.

–¿Y crees que me importa? –preguntó él con voz tan sincera que ella no pudo sino creerlo–. ¿Por qué has pensado que es culpa tuya? El problema también podría ser mío, si es que hay alguno. Sí, me encantaría darles a mi padre y a tu madre el nieto que tanto desean. Significaría mucho para mí… pero tener tu amor significa mucho más. Si tengo eso, sé que podré enfrentarme a todo.

–Lo tienes… mi amor, mi corazón y todo mi ser. Te amo, Raúl, te amo más de lo que puedo expresar…

–Entonces no intentes hacerlo… –murmuró él contra su boca–. Bésame, demuéstrame lo que sientes.

–No hay nada que desee más.

Lo besó y sintió cómo él la envolvía en sus brazos. Estaba contra su pecho, oyendo el latido fuerte y rítmico de su corazón, mientras lágrimas de júbilo le quemaban los ojos al comprender por fin el amor que ese corazón enorme, viril y honorable sentía por ella.

Pasaron mucho tiempo allí perdidos en sus besos, murmurando palabras suaves de vez en cuando, pero sabiendo que eran innecesarias. Habían llegado a casa. Ya no eran dos personas separadas, sino un todo, unidos y listos para caminar juntos hacia el futuro.

Finalmente, Raúl le dio un último beso y echó un vistazo a su reloj de pulsera.

–Las doce menos cinco –musitó–. Si nos damos prisa, estaremos en casa antes de medianoche y de que entre en vigor la superstición de tu madre.

–Quiero quedarme aquí, así –protestó Alannah–. No creo en supersticiones.

–Yo tampoco, querida –dijo Raúl, poniéndose en pie y alzándola con él–. Pero en este caso haré una excepción. Mañana me caso contigo y no quiero correr riesgos. Quiero que todo sea perfecto. Mañana empezará el resto de nuestra vida juntos, así que podemos sacrificar unos minutos a la superstición.

Tomó su rostro entre las manos y le dio otro beso que prometía muchos más en el futuro.

–Necesitas dormir, mañana vas de boda. Te prometo que después de la ceremonia lo último en lo que pensaremos cuando estemos juntos será en dormir.

La rodeó con un brazo, apretándola contra su costado, y emprendieron el camino de vuelta al palacio y hacia su futuro.

Bianca™

No podía resistirse al atractivo de su inocencia...

Nick Coleman era uno de los millonarios más codiciados de Sidney, pero su lema era amarlas y luego abandonarlas. Con Sarah todo era diferente porque había prometido cuidar de ella y protegerla. Sin embargo, la deseaba con todas sus fuerzas...

Sarah pronto recibiría una importante herencia y entonces se convertiría en el blanco de todo tipo de hombres que tratarían de seducir a una joven rica e inocente. Quizá Nick debiera enseñarle lo peligroso y seductor que podía ser un hombre...

Enamorada de su tutor

Miranda Lee

Acepte 2 de nuestras mejores novelas de amor GRATIS

¡Y reciba un regalo sorpresa!

Oferta especial de tiempo limitado

Rellene el cupón y envíelo a

Harlequin Reader Service®
3010 Walden Ave.
P.O. Box 1867
Buffalo, N.Y. 14240-1867

¡Sí! Por favor, envíenme 2 novelas de amor de Harlequin (1 Bianca® y 1 Deseo®) gratis, más el regalo sorpresa. Luego remítanme 4 novelas nuevas todos los meses, las cuales recibiré mucho antes de que aparezcan en librerías, y factúrenme al bajo precio de $3,24 cada una, más $0,25 por envío e impuesto de ventas, si corresponde*. Este es el precio total, y es un ahorro de casi el 20% sobre el precio de portada. !Una oferta excelente! Entiendo que el hecho de aceptar estos libros y el regalo no me obliga en forma alguna a la compra de libros adicionales. Y también que puedo devolver cualquier envío y cancelar en cualquier momento. Aún si decido no comprar ningún otro libro de Harlequin, los 2 libros gratis y el regalo sorpresa son míos para siempre.

416 LBN DU7N

Nombre y apellido	(Por favor, letra de molde)	
Dirección	Apartamento No.	
Ciudad	Estado	Zona postal

Esta oferta se limita a un pedido por hogar y no está disponible para los subscriptores actuales de Deseo® y Bianca®.
*Los términos y precios quedan sujetos a cambios sin aviso previo.
Impuestos de ventas aplican en N.Y.

SPN-03

Un futuro brillante
Claire Baxter

HARLEQUIN
Jazmín

Un futuro brillante
Claire Baxter

¿Podría aquella proposición hacer que ambos volvieran a sentir que tenían una vida plena?

Chase Mattner había llegado a Leo Bay con la intención de criar a su hija en un lugar tranquilo. Pretendía llevar una vida sencilla en su casa junto al mar. Regan Jantz tampoco buscaba ningún tipo de distracción. Ya tenía suficiente con un negocio que dirigir y dos hijos pequeños que criar sola.

Pero, siendo los dos padres solteros, enseguida surgió un vínculo entre ellos y empezaron a sentirse como una verdadera familia cada vez que hacían actividades con los niños.

Sus vidas llevaban mucho tiempo siendo un rompecabezas al que le faltaban piezas… hasta ahora.

Deseo™

El amor perfecto
Barbara Dunlop

Megan Brock no podía creer que su libro sobre citas y relaciones entre hombres y mujeres hubiera desatado tanta controversia. Lo que había empezado como una simple broma se había convertido en una guerra de sexos y ahora ella se veía obligada a defenderse… en la radio.

El increíblemente sexy Collin O'Patrick estaba furioso con Megan y con su libro; por eso, cuando le ofrecieron la oportunidad de demostrar que estaba equivocada, aceptó encantado el desafío. Era evidente que Megan no sabía lo que había estado perdiéndose hasta aquel momento…

Iba a demostrarle cómo un hombre de verdad seducía a una mujer…

8